新推理要在晚餐后

〔日〕东川笃哉 著
温雪亮 译

人民文学出版社

著作权合同登记:图字 01-2023-0254 号

SHIN NAZOTOKI WA DINNER NO ATO DE
by Tokuya HIGASHIGAWA
©2021 Tokuya HIGASHIGAWA
All rights reserved.
Original Japanese edition published by SHOGAKUKAN.
Chinese (in simplified characters) translation rights in China (excluding Hong Kong, Macao ar
Taiwan) arranged with SHOGAKUKAN through Shanghai Viz Communication Inc.

图书在版编目(CIP)数据

新推理要在晚餐后/(日)东川笃哉著;温雪亮译
.—北京:人民文学出版社,2023(2024.1 重印)
ISBN 978-7-02-018042-4

Ⅰ.①新… Ⅱ.①东… ②温… Ⅲ.①长篇小说-日本-现代 Ⅳ.①I313.45

中国国家版本馆 CIP 数据核字(2023)第 103998 号

责任编辑	胡司棋	王皎娇
装帧设计	汪佳诗	
出版发行	人民文学出版社	
社　　址	北京市朝内大街 166 号	
邮政编码	100705	
印　　制	凸版艺彩(东莞)印刷有限公司	
经　　销	全国新华书店等	
字　　数	170 千字	
开　　本	850 毫米×1092 毫米　1/32	
印　　张	8.125	
版　　次	2023 年 7 月北京第 1 版	
印　　次	2024 年 1 月第 2 次印刷	
书　　号	978-7-02-018042-4	
定　　价	69.00 元	

如有印装质量问题,请与本社图书销售中心调换。电话:010-65233595

目录

第一部　风祭警部的回归　　　　　　　I

第二部　密室中的血字　　　　　　　　49

第三部　尸体从何处坠落　　　　　　　IOI

第四部　五个闹钟　　　　　　　　　　155

第五部　两支烟工夫的不在场证明　　　203

第一部　风祭警部的回归

1

奥多摩的高级酒店里发生了一起神秘的毒杀案件。这个令警方束手无策的案件，要是没有宝生丽子在场，就很有可能变成一桩冤案。不过在案件解决后，宝生丽子的日常并没有发生丝毫变化。

丽子隶属于国立署刑事课。她虽然年轻，却经手过众多案件。虽说大多数案件都算是小打小闹，但她身处办公室时的热情与开朗，在案发现场搜查时的专注与活力，在审讯犯人时的冷酷与严肃，都对顺利解决案件起到了至关重要的作用。以警察的身份工作一天后，她登上了前来接她下班的车。这辆长达七米的高级加长轿车配有一位专职司机，却不是用来完成办案等工作的。她乘着这辆高级汽车，悠闲地度过了一段在国立市郊区行驶的旅程。司机将她送回位于市内的一所豪宅后，她才开始了自己作为一名大小姐的生活。

宝生丽子的父亲——宝生清太郎是宝生集团的统帅。宝生集团的产业涵盖了银行、电器、钢铁、运输、服装等各种领域，还对印刷、出版，甚至本格推理产业都有所涉足。宝生清太郎的独生女便是宝生丽子——一位在警察署工作的年轻警察。这个消息被保密得十分严实，只有局长层次的人才有资格知道。

就连丽子的同事也从未发现过她的另一重身份。或许是因为她的行为过于自然，也可能是因为她的同事过于迟钝，总之丽子在刑事课一直顺风顺水地工作着。

——但反过来一想，她的同事好歹也是警察，却丝毫没有发现她的不同之处，这着实令她感到不解。

但这个疑问只是偶尔在她脑海里闪过，并不影响她同时保持着刑警与财团大小姐这两种身份，或许这就是所谓的"脚踏两只草鞋"①吧。不，她既然是大小姐，肯定不会穿草鞋，应该称之为"脚踏两只高跟鞋"，或者是"脚踏两只菲拉格慕的鞋"，才更为妥当。总的来说，这便是拥有双重身份的宝生丽子的华丽日常。

新的一年又开始了。那是四月上旬的一个周六，刑事课的工作结束后，丽子穿着黑色西装西裤乘上了接她回家的加长轿车。她坐在汽车后座上，摘下了土气的眼镜，心情愉悦地眺望着窗外。但是那天的道路要比往日更加拥堵。她在想，或许是国立市的著名景点"谷保天满宫"在举办赏夜樱活动吧。但现在的时间点十分微妙，因为樱花已经过了全盛期。

丽子好奇地向前排一身黑色西装的司机打听道：

"影山，今天的路好像有点堵啊。是发生什么事了吗？还是说这辆长达七米的加长轿车妨碍了周围的交通？也是，这种车的确会妨碍周围的交通。"

---

① 日本谚语，意思是脚踏两条船。

你明明就坐在这辆车上，还好意思说！——要是其他人听到这样的发言，一定会这么吐槽她。

这个穿着黑色西装的男人叫影山，是丽子的司机兼管家。他声音低沉地回答道。

"大小姐，请您放心。是前面发生的交通堵塞连累了这辆加长轿车，而不是加长轿车引起了堵塞。我想堵塞应该是由白天南武线铁路道口发生的事故所造成的。"

听了司机的回答，丽子像是想起了什么似的，明白了他的解释。

"啊，这么说来……"

那是发生在今天下午三点的事故。在南武线的铁道路口，一辆卡车与电车发生了碰撞，导致电车内一部分乘客受了轻伤。要是当时情况再危险一点，甚至会造成巨大的社会影响。丽子在国立署工作，这条新闻自然而然便传到了她耳中。

"但是晚上南武线就会恢复运营吧？要是一直停着的话，南武线的各个车站就成了'陆地上的孤岛'，沿线的居民也会成为'归宅难民'的。"

"大小姐，请您谨言慎行，不要说南武线的坏话……"

"哇，我可没说南武线的坏话！我是在强调南武线对于沿线居民的重要性！你没听出来吗？"

"啊，原来您是这个意思啊。"

影山因此松了一大口气。

"本来就是嘛，谁会说南武线的坏话啊。虽然我也不怎么乘电车。"丽子小声嘟囔着。接着影山向她解释道：

"尽管电车恢复了运行，但是发生事故的铁道路口还是无法通行，因此造成了其他道路的堵塞。"

"是吗？那就没办法了。影山，在这里转弯。"

"大小姐，恕我难以完成您的命令。这是不可能的事。"

确实如此。这么说来，这里的确不能转弯。前后的车都挤得满满的，没有任何空间能让这辆全长七米的加长轿车转弯。

丽子抱怨了一句"真是的"，随后便靠在了座椅靠背上。

"果然，加长轿车就是碍事。"

"您明明就坐在这辆车上，还好意思说吗？"

前排的驾驶座处传来了吐槽，仿佛是在嘲讽她。影山推了推他充满智慧的眼镜框，脸上的笑容若隐若现。丽子上半身向前微倾，透过后视镜看到了影山的表情。就在她刚想开口反驳的时候，她裤子口袋里的手机响了。

"呀，是哪位啊？"

丽子取出手机放在耳边，暂时搁置了对管家的反驳。下一秒，手机中传来了一个激动的男性声音。

"喂，宝生君……（嗞嗞）……是我……（嗞嗞嗞）……下面我说的话你可要……（嗞嗞嗞嗞）……听仔细了。"

"啊？喂？喂喂喂！你那儿的噪声太吵了！"

或许是因为信号不好，男子的声音时断时续。丽子屏住呼吸，全神贯注地听着对方的话。男子却对此毫不在意，自顾自地说了下去。

"位于国立市富士见台的国枝芳郎家……（嗞嗞）……发现了一具诡异的男性尸体……（嗞嗞嗞）……你马上前往现场……我也会立刻赶到现场……（嗞嗞嗞嗞、嗞、嗞、嗞）……"

最后只剩下嗞嗞的杂音，听起来像是雨声，又像是波浪的声音。丽子无法忍受，便挂断了电话，盯着手机说道："他到底在搞什么？暴雨天气站在海里给我打的电话吗？还嗞——嗞——嗞——的。"

"是谁的电话？"

"唉？是谁打来的呢？我没仔细听……比起这个，影山！"丽子将手机放回口袋，向管家发出了命令。"好像有事件发生了！立刻前往富士见台！快点，转弯！转弯！"

"我刚刚也向您说了，这是不可能的事……"

后视镜里映着管家为难的脸。丽子立刻做出了判断。

"真是的，那就没办法了！"说完这句话，丽子打开了汽车后门，从车里跳了下去。她又从车外探回半个身子说道："国枝家的话，从这里走路过去就能到。影山，这个笨重的家伙就交给你了！我再跟你联络！"

"好的，大小姐。

"您一定要注意安全。"

管家难得如此关心她的安危。丽子从加长轿车的后门走了出去，砰的一声关上了车门，就像是心有不甘地跟自己的豪华晚餐说再见一样。自己今晚是绝对赶不上那顿丰盛晚餐了。丽子戴上了工作用的土气眼镜，朝着国枝家的方向走去。

2

国枝家附近已经被一排警车包围了,警察来来往往。丽子穿过写着"禁止入内"的黄色警戒线,踏入国枝家的大门。

国枝家是这一带很有名的豪宅(虽然比不上宝生家吧)。国枝本人是贩卖外国名牌衣物"国枝物产"集团的创始者,总公司位于新宿附近。国枝家位于国立市内。房子建造在地势较高的地方,是一座很有设计感的、西洋风格的二层别墅。踏进宽敞的玄关,映入眼帘的是门厅,那里装饰着西洋风格的铠甲、古伊万里①的瓷瓶、精美的肖像画。正中央铺着红色地毯,顺着楼梯一直延伸到视野尽头的二楼。楼梯精美又豪华,仿佛下一瞬间就会有穿着华丽裙摆的知名演员唱着《堇花盛开时》②从楼梯上缓缓走下。

"不过,这种楼梯我家也有……"

丽子快步走上楼梯,无意识般地小声嘟囔着,听起来仿佛是在炫耀一般。

在一名身穿制服的警察的带领下,丽子穿过了二楼的走廊。走到走廊尽头,九十度拐弯后继续往前走,她看到了一个房门敞开的房间。

"不好意思,我来晚了。"她一边道歉,一边走进了房间。

从房间的布局来看,这里应该是一间卧室兼书房。房间位于

---

① 受明清王朝交替影响,17 世纪中后期中国瓷器出口锐减,此时日本的伊万里烧(古伊万里)作为替代品开始崭露头角。

② 这里指宝塚歌剧剧团月组成员。

房子的角落，因此两面墙壁上都开了窗。几扇窗户都挂着百叶窗，窗户下缘与腰同高。一面墙上的窗户旁摆着一张单人床，另一面墙上的窗户旁摆着看起来十分沉重的桌椅。桌子上的笔记本电脑没有合上，桌子旁摆放着书架和躺椅等家具。

此外——

地毯上躺着一具男性尸体。这名男子看起来大约三十多岁，穿着一套灰色家居服。他的脖子上有一道红黑色的线状痕迹。丽子猛地抬头看去，一条绳子自天花板上垂下。绳子的一端绑在了吊灯的金属连接处，另一端则在空中绕出了一个令人毛骨悚然的圆圈。

"也就是说他是上吊自杀？"

丽子喃喃自语。一位穿着灰色西装裤的女刑警悄悄地靠了过来，在丽子耳边轻声说道："前辈，你说得对，就是上吊自杀。"她的名字叫若宫爱里，是今年春天刚进入刑事课的新人刑警，也是丽子期盼已久的可爱后辈。

"去世者名叫国枝雅文，是'国枝物产'的创始人国枝芳郎的长子。国枝雅文今年三十五岁，未婚，是国枝物产董事会的董事。发现者是芳郎先生的妻子国枝久枝，今年六十岁，以及今年五十八岁的家政阿姨竹村惠子。今天晚上七点左右，她们进入这个房间后就看到了上吊的雅文先生。顺带一提，是雅文先生的弟弟国枝圭介先生打的110。——啊，说是弟弟，其实圭介先生不是雅文先生的亲弟弟，圭介先生是跟他没有血缘关系的弟弟。"

"是嘛，我知道了。我之前就听说国枝家的家庭情况有点复杂，好像芳郎先生和现在的妻子都是再婚，他们结婚很久了，两人结婚之前都有各自的孩子。最近芳郎先生身体不好，正在某家医院住院疗养。"

丽子随口说了一些自己知道的消息。听完丽子的话，若宫刑警瞪圆了双眼，惊讶地说道："宝生前辈！你也太——厉害了吧！这些只有有钱人才知道的消息你是怎么听说的？"

"啊？怎么听说的……"我当然就是这么听说的啊，毕竟我可是他们的"同类"呀！

虽然只要这么回答，就能马上终结这个话题，但是丽子并不想暴露自己的身份。她习惯性地用手指推了推土气的眼镜，不得不撒了一个谎。"我、我其实挺喜欢打听这种消息。像是有钱人的私生活啊这种。"她装出一副喜欢八卦的模样。

听完丽子的话，若宫刑警不仅没有怀疑，还立刻相信了她的说法，若宫刑警的表情充满理解，开口道："我知道的，我十分理解前辈的心情，"紧接着若宫的声音小了下去，"其实我也十分好奇国立市有钱人的私生活。他们住在怎样的房子里啊，平时吃些什么啊，出门乘坐的是什么样的车啊……"

"这、这种事情，若宫你就不用操心了。"

"也是，您说得也没错，我们再怎么操心也不能从刑警变成有钱人呀。"

丽子在心中不好意思，吐了吐舌头，她将话题转了回来。"总之，我们先集中精力面对眼前的案件吧。听你刚刚说的，当时她们发现的是上吊的尸体。但是他真的是上吊自杀吗？"

"难道不是吗？"若宫一会儿抬头看向吊在天花板上的绳子，一会儿低头看向脚边的尸体，说道，"怎么看都是他在自己房间里上吊自杀的样子。"

"是的，但是仅凭第一印象做出的判断有可能出错哦。"丽子还记得，曾经有一个总是凭着第一印象做出错误判断的上司，虽然不知后来他为何"光荣升职"到了总部。

丽子在国枝雅文的尸体前蹲了下来。尸体从空中被放了下来，仰面躺在地上，看起来比原来的样子更长一些。丽子双手合十对尸体行了一个礼后，仔细观察起尸体的脖子。这是为了检查脖子上残留的绳子缢痕。下一秒，丽子便皱起了眉头。

"若宫，你来看看尸体的脖子这里。这里不仅有绳子的勒痕，还有一些抓痕对吧？一般只有被害人在被绳子勒住脖子后，想要用手抓住绳子抵抗的时候才会出现这种抓痕。所以这种情况下，我们也要考虑到他杀的可能性……"她记得法医学相关的书籍上是这么写的。面对自己的后辈刑警，丽子尽可能地选择一个更为慎重的说法："也就是说，有自杀的可能性，也有他杀的嫌疑。"

但是我们现在还不知道事实的真相……她刚想继续摆出前辈的样子指导后辈，突然窗外传来了响亮的爆破声，盖过了她的声音。听声音应该是汽车的引擎声。"真是的，烦死了。突然怎么了啊！"

——难道是这个"文化都市"国立市里，出现了上个世纪的暴走族？

对此感到疑惑的丽子离开了尸体，走到了齐腰高的窗户旁。

她做出了十几年前的警匪剧《老大》①里出现的动作，用手指轻轻地按下了百叶窗上的一个叶片。

呈现在她视野里的光景出乎她的意料。

——骗、骗人的吧？这是怎么回事？

丽子表情惊愕。她的视线尽头是一辆与周围格格不入的高级进口车。一位穿着白色西装的男性打开了驾驶座侧的车门，旁若无人地下了车。他姿态傲然，仿佛好莱坞巨星一般。那身品位独特的装扮，丽子无论如何都不会认错。

"为……为什么？"为什么那个人会出现在现场？

丽子陷入了恐慌之中。这位穿着白色西装的男性一下车，就受到了来自周围的热情迎接，仿佛是取得奥运金牌的运动员回国一般。男性搜查员接连不断地上前与他握手，穿着制服的巡查官则站得笔挺，向他敬礼。

"前辈，那个人是谁啊？"

若宫不知什么时候站在了丽子旁边，像她一样压下了百叶窗的叶片，望着窗外发问道。若宫是新来的刑警，不认识他也情有可原。

丽子声音发颤，说出了那个忌讳的名字。

"那、那个人是风祭警部……风祭警部回到了国立署……"

看着熟悉的风祭警部的身影，丽子脑海里突然浮现出了某个

---

① 《老大》是日本富士电视台2009年播出的警匪题材的电视连续剧，由天海佑希主演。

场景。

是奥多摩的高级酒店发生的那起案件。风祭警部处于那场骚动的正中央，一如既往地做出了错误的判断。被那起事件牵连的某个知名政治家因此十分愤怒，对警察队伍中存在如此愚蠢的家伙表示难以相信，甚至说出了类似于"在案件解决后，要贬职这位警部"的话。当时丽子还没多想，只觉得那位警部被调到哪里都与自己无关，便摆出了一副无所谓的态度——但是没想到他居然被调到了国立署！

丽子感觉眼前一黑，自己的意识仿佛已经离开了身体。这位警部正一步一步地朝着这间别墅走来。作为他的前部下，丽子无可奈何，只能出门迎接他的到来。

丽子做好了心理准备，主动离开了案发现场所在的房间。她快步通过长长的走廊，在铺有红地毯的台阶上站定。这时，门厅区域传来了她熟悉的那位警部的呼唤声。

"啊！宝生君！在那儿站着的是宝生君吗？"

"风、风、风祭警部……"

她的声音发颤。这是因为她内心充满了震惊与不安，但风祭警部一定会将其理解为"激动得声音发颤"。他帅气的脸庞上绽放着灿烂的笑容，张开双臂大步踏上台阶。看着他的动作，不知为何丽子脑海里响起了男低音演唱的《堇花盛开时》的背景音乐。她巧妙地躲过了他热情的拥抱，冷静地发问。

"警部，您怎么来这里了？"

"嗯？什么怎么不怎么的，"风祭警部双手环抱，对她的无聊提问毫无兴趣的样子，"今年四月刚下的调令，将我调到了这个国立署刑事课。领导层的人终于发现了，这个国立署没有我就是不行哪。"

难道不是他们不想让你待在总部吗，警部？丽子轻轻地叹了一口气。"总之您是重新回到了国立署对吧，这可真是一件……一件……"让人痛苦的事情。至少对于我来说！

这些话丽子只能在心里说。警部也丝毫不理解她的心声。

"嗯，宝生君，谢谢你。我不在的时候，你一定很寂寞吧。"

"不不不，没有的事。"倒不如说，你不在的时候才是我最快乐的时候！

事实上，自从风祭警部"光荣升迁"之后，国立署管辖区内一直风平浪静。残忍的犯罪事件的数量也大幅下降，刑事课各位搜查员的日子都过得很悠闲。

虽然犯罪事件的数量与风祭警官是否在国立署任职没有直接关系，但是丽子有一种预感，国立署的幸福时光已经结束了。丽子深深地叹了一口气。

3

风祭警部与丽子交流了再会的喜悦——虽然这个交流只是风祭警部单方面的交流。紧接着，他进入了案发现场，指挥起搜查工作。在国枝雅文的尸体被搬出房间以后，风祭警部再一次请尸体的第一发现人竹村惠子回到了这个房间。这个穿着黄色围裙的中年家政妇就是竹村惠子，她站在刑警的面前，讲述起她发现尸体的经过。

"今天下午家里总共有五个人。首先是作为家政妇的我，然后是雅文先生和圭介先生两兄弟，还有久枝夫人。最后一个人是圭介先生的朋友，是一个叫木村的男性，他在傍晚的时候来访过这里。是的，老爷不在这个房子里。其实他身体不太好，已经在医院疗养很长一段时间了。"

看来那个传言是真的，国枝芳郎先生的身体状况不是很理想。

"今天是星期六，雅文先生一直在家里。但是下午三点左右，他说工作还没完成，就回了自己的房间。对的，他经常这样。我和太太很少进他房间，怕打扰他工作。我想圭介先生应该也和我们一样。"

也就是说下午三点以后，雅文一个人待在房间。但是没有任何人能证明这件事。丽子暗自将这条信息记在了心里，继续听家政妇的讲述。

"下午五点左右，一位叫木村和树的先生来到了家里。听说他是圭介先生大学时代的友人，与圭介先生有很长时间的交情。之后圭介先生带着木村先生参观了整个屋子。屋子里摆满了古董、工艺品这类贵重的艺术品，能与一般的美术馆媲美，像一楼的门厅区域和二楼的走廊都是这样。估计圭介先生是想向朋友展示这些艺术品吧。这段时间我在准备晚餐的食材。夫人也说难得有朋友造访，就与我一同在厨房准备晚餐。晚上六点半，开始晚餐的时候，我们与木村先生都在一楼的餐厅。这时外面的天都已经黑透了。"

据若宫刑警所说，雅文的尸体是晚上七点的时候发现的。丽子心里暗暗想着，仔细地听了下去。

"太太和圭介先生、木村先生坐在餐桌旁，我在一旁布菜。雅文先生在二楼一直没下来。我和太太对此都不觉得奇怪。雅文先生只要开始工作，就会在房间里待上好几个小时，甚至忘记吃饭的时间。之前这种事情也发生过。当然也有可能是因为家里来了客人，他不太愿意与客人同桌进餐。但是距离开饭已经过了三十分钟，雅文先生还是没有下来，太太似乎等得有些不耐烦，命令我上楼问问雅文先生晚餐准备如何处理。我也觉得应该询问一下雅文先生的意愿，所以立刻前往了二楼，来到雅文先生的房间。我敲了敲房间门。"

这时，风祭警部也一脸紧张地看着家政妇，等着她后面的话。估计连他也觉得不能这时候插话，打断她的陈述。

"但是门内没有传来任何声音。我猜雅文先生可能是去方便了，所以还前往二楼的厕所确认了一下，但是厕所里并没有人。所以我又一次回到雅文先生的房间前，敲了敲门。但是里面还是没有传来任何声音。我觉得十分奇怪，就回到一楼的餐厅，向太太汇报了这件事。太太也觉得十分奇怪，便亲自前往二楼。太太敲了好几次门，最后打开了房门。是的，房门没有上锁。太太刚一转动门把手，门就打开了。房间里一片黑暗，一点声音都没有。在房间中央，好像有一个黑影在晃动。当时我们还不知道这就是雅文先生的尸体。然后，我们终于发现那是雅文先生上吊自杀的尸体……太太在看到尸体的那一刻瘫坐在了地上，就连我也发出尖叫。"

竹村惠子讲述完自己的经历，仿佛回想起了当时的情景，身体止不住地发抖。

然而风祭警部向这位家政妇提出的问题，只有一个——

"关于雅文先生自杀的理由，你有头绪吗？"

只有这一个问题。

对于这个问题，竹村惠子的回答也十分简单明了："不，我也不知道雅文先生为什么自杀。"

竹村惠子离开房间后，风祭警部的脸上浮现出满意的笑容。他说出的话也仿佛二流电影里反派角色的台词一般："哼哼哼，看来事情变得有趣起来了。"

丽子在一旁明确地否定道："警部，你这样不行。你不能以此为乐。"警部并没有将丽子的话放在心上，接着讲述起自己的推理。

"从尸体的情况来看，存在自杀与他杀这两种可能性。但是在这个房间里，没有发现任何类似于遗书的东西，根据证人的供述，雅文先生好像也没有自杀的理由。下午三点的时候，雅文先生进入了自己的房间。下午七点，他的尸体被发现了。这四个小时里，很有可能是某个凶手进入了雅文先生的房间，以**某种方式**杀害了雅文先生，然后将尸体以**某种方式**挂在了天花板上，并将现场伪装成自杀的样子。这么想来，这是一起伪装成自杀的杀人案件，对吧，宝生君？"

"是吗！以某种方式杀害？以某种方式挂在天花板上？"

尽管风祭警部的推理十分牵强，但就存在他杀的可能性这一点，丽子十分赞同他的想法，所以她并不打算反驳他。但是看着身边这个认真倾听上司推理的后辈，丽子非常想告诉她：爱里，你不用记笔记的，他刚刚说的这些事情大家都想得到。

"警部，我们之后该做什么？我们目前只听了家政妇的供述。"

"别担心，我已经想好下一个要传唤的人了。"

警部直截了当地说出了他的名字。

"他就是与雅文先生没有血缘关系的弟弟，国枝圭介先生。圭介先生是久枝夫人与她前夫的孩子，虽然是芳郎先生的儿子，但是与芳郎先生没有任何血缘关系。因此，芳郎先生在考虑继承人时会更倾向于选择自己的亲生儿子雅文先生。这个弟弟是否会因此对自己的哥哥产生杀意呢……对，这个可能性很大……"

警部摆出一副了如指掌的样子，充分地发挥着他的想象力。听完他的话，若宫刑警的表情充满了惊讶。

"风祭警部，您也这么清楚这些有钱人的私生活啊！"

"嗯？我清楚这些有钱人的私生活？不不不，你弄错了一点。不是我清楚'这些'有钱人，而是我就是'这些'有钱人中的一员。若宫小姐，难道你没听说过'风祭汽车'？"

"不就是'风祭汽车'嘛，我知道的！"若宫摆出一副不要把我当傻子看的表情，以十分自信的语气说道，"就是那个'外表光鲜亮丽，性能勉勉强强'的大众汽车制造商嘛！"

空气突然安静了下来。场内落针可闻。

爱、爱里,你刚刚说的话……

爱里天真无邪的发言让丽子浑身发抖。在场的男性刑警咳嗽了一声,不忍直视般转过身去。站在房间门口的穿着制服的警官装出一副有人在外传唤的样子,匆忙逃离了现场。处于旋涡中心的风祭警部起初还能维持脸上的笑容,在若宫刑警说完最后一个音节后,他仿佛戴上了能面面具一般,表情十分复杂。丽子也是第一次看到警部摆出这副表情,但是现在这个场合并不允许她欣赏风祭警部的表演。

丽子拉着后辈刑警的袖子,强行将她带到了房间角落。丽子小声地提醒她:"爱里,不,若宫,你不能这么说的!你怎么能把真话说出来呢!"

"哈?"

若宫刑警好像还是没有理解。

"警部就是那个因'性能勉勉强强'而闻名的'风祭汽车'的创始人的儿子。所以不能说'性能勉勉强强'。他本人好像也很在意'大众'汽车制造商这个说法,所以不能在他面前提这些词!"

"宝生君,我听到了哦,你说的那些不能提的词!"

丽子身后传来了风祭警部不高兴的声音。她应声转过头去,发现风祭警部正双手抱胸,一脸不满地站在那儿。对此,丽子只能报以苦笑。庆幸的是,警部的"吹牛大会"也因若宫刑警一针见血的评论而宣告结束。

"算了,"警部暂时将自己炫富的心情搁置在一边,将注意力放在了案件上,"总之,因雅文先生的死亡而获利的人,我们应该首先考虑。谁会因为雅文先生的死亡而获利呢？当然是与他没有血缘关系的弟弟圭介先生。雅文先生死后，万一在医院疗养的芳郎先生出了什么事的话，圭介先生就能顺理成章地成为国枝家的继承人。事不宜迟，现在就把国枝圭介先生请过来吧。"

"好嘞！"若宫刑警应了一声，精神奕奕地离开了房间。

看到这一幕，丽子终于松了一口气。

传说中的国枝圭介终于出现在了刑警面前。他穿着灰色的运动衣和米色的休闲裤，刘海很长，看着像是有些轻浮的风流公子。他比雅文小一岁，今年三十四岁，没有结婚。他也在"国枝物产"工作，担任总务部长。尽管在旁人眼里看来，不到三十五岁就已经担任部长这一职位的他，是值得称赞的优秀青年，但一想到只大他一岁的雅文已经是董事会的董事，圭介的成绩便有些不够看了。这两个没有血缘关系的兄弟之间存在的差别待遇，也可见一斑。

面对圭介，风祭警部没有任何铺垫，开门见山地询问道："我就直截了当地问了，圭介先生，今天下午三点至七点，你在哪里，做了些什么事情？"

丽子懊恼地以手托头。警部，这也太直截了当了吧！

听了警部的话后，圭介明显露出了不快的表情，对警部摆出了对抗的姿态。这也在情理之中。

"刑警先生，您一开口就想讨论我的不在场证明吗？我懂了，您在怀疑我杀了哥哥以后，又将其伪装成他自杀的样子，是吗？"

"不不不不，我没有这么想过，真的，一点都没有。"

"您就不要再撒这种毫无技术含量的谎了！您肯定是在怀疑我，觉得我是嫌疑人！"

"啊……我的确这么想过，"警部爽快地承认后，目不转睛地盯着圭介，"所以，下午三点到七点之间，你是否有不在场证明？"

圭介叹了一口气，耸了耸肩，不情不愿地回答道："下午三点到五点之间，我在自己的房间，所以没有不在场证明。但是，五点以后，我大学时代的朋友来我家了，是个叫木村和树的男性。他好像对美术品、工艺品这一类东西挺感兴趣的，所以我就邀请他来我家参观。我跟他约的时间是下午五点，他也正好在下午五点的时候来到了我家。这之后，我就一边带着他参观，一边向他介绍家里的这些美术品……差不多花了一个半小时吧，下午六点半以后……"

"晚餐是吧！"

风祭警部突然开口打断了他，警部贴近圭介，死死地瞪着他。

"接着又过了半个小时，也就是晚上七点，家政妇小姐和久枝太太在这个房间发现了雅文先生的尸体！"

"是，是的。"圭介仿佛被警官气势汹汹的态度吓到了一般，不停地点头。

丽子不由得摇起了头。警部，这些话你怎么就自己说出来了呢？要让圭介开口说出来，才是调查不在场证明的合规流程呀！

看着皱起眉头的丽子，若宫刑警担心地问道："前辈，没事吧？你的脸色看上去很差。"

风祭警部丝毫不在意丽子与若宫刑警的互动，自说自话地推理起来。

"圭介先生，下午五点以后你与朋友在一起，的确有充分的不在场证明。但是下午三点到五点之间，你没有明确的不在场证明，对吧。那么这段时间内你完全可以进入雅文先生的房间，将其杀害。之后，你也有足够的时间将他的遗体悬挂在空中。"

"这是不可能的！"还没听完警部的推理，圭介就大声打断了他的话，"刑警先生，您的推理是不成立的！因为我哥哥去世的时间不是下午三点到五点之间，而是六点以后！"

"啊？"听到这个出乎意料的新信息，警部惊掉下巴。"六点以后？"

丽子也惊讶地与若宫刑警对视了一眼。不能再放任警部问下去了，丽子开口问道："圭介先生，您的话是什么意思？为何您能断言雅文先生是在六点以后死亡的呢？"

"其实六点前后，我和木村一起去过哥哥的房间，因为我想介绍木村给哥哥认识。我敲了门，里面没声音，所以觉得不对劲，就打开门看了一眼。我打开哥哥的房门怎么了？我跟他虽然没有血缘关系，但他也是我哥哥。"

"嗯……嗯嗯。那么雅文先生在房间里做什么？"

"他不在房间里，房间里空无一人。"

"那个时候！"风祭警部突然大声插嘴道，"那个时候，天花板上有没有垂下一个摇摇晃晃的巨大黑影？"

警部大概是想委婉地询问上吊的尸体当时是否已经存在，但是他的说法一点都不委婉。丽子无言以对，圭介也愕然地回答道。

"肯定没有啊。要是有的话，我们早就在那个时候就报警了。"

"你说得对，我们也是这么想的，"丽子试图从碍事的警部那儿夺回提问的主导权，"那么能麻烦您告诉我们房间当时的样子吗？请尽量详细一些。"

"啊，详细啊……"圭介挠着头，在这间已经没有雅文尸体的房间里用手比画，"我记得是跟现在没有区别的。要说有哪里不一样，可能是那时临近夕阳下山，房间有点暗。透过玻璃窗，能清晰地看到远处的落日。"

圭介指向两扇齐腰高的窗户中的一扇，也就是放着书桌的那扇窗户。

"就是这扇朝西的窗户。现在天色暗了，只能看到街上的灯光，但是在白天能看到远处的富士山，毕竟这套房子建在高地上。傍晚的时候，能看到夕阳渐渐落入富士山里。现在这个季节，日落时间大概是六点多一点。所以我才说，哥哥被杀害的时候——不，其实我觉得他不是被杀害的，而是自杀。总之，他的尸体被悬挂起来的时间在六点以后。如果是六点以前的话，我们两个早在那时就能发现。"

圭介解释完，像是怕被刑警继续追问一般，又加了一句。

"刑警先生，如果你们觉得我在说谎的话，可以去找木村问问。"

国枝圭介信心十足地解释完自己的不在场证明后，意气风发地离开了现场。

留在现场的风祭警部因羞耻而涨红了脸,再一次向若宫刑警下了命令:"既然他这么说,那就看看木村是怎么说的!你把这个叫木村和树的男人带过来!"

"好嘞!"

"回答的时候不要说'好嘞',要说'好的'!"警部化尴尬为愤怒,将怒火发泄在新来的刑警身上。若宫刑警听到警部的高声斥责,跑着离开了房间。丽子一边安慰警部"不要生气了",一边在心中苦笑。警部,你这样很小孩子气知道吗?哪怕自己推理错了,也没必要发这么大火呀!

就在这个时候,穿着笔挺西装的男子出现在了刑警面前。他就是木村和树,与圭介一样都是三十四岁在邻市立川市的银行工作。

木村一脸平淡地回答着刑警的问话。他对今天傍晚发生的事情的描述,与家政妇和圭介所说的完全一致。木村和树于下午五点到访国枝家,此后的一个半小时里,他在圭介的介绍下参观了这套房子里摆设的美术品。

"晚上六点半,我接受了他们的招待,在餐厅吃了晚餐——"

听着木村流畅的回答,风祭警部越来越烦躁。他刚回答完毕,风祭警部迫不及待地问出了最关键的问题:"在参观美术品的过程中,你也来过雅文先生的房间——也就是现在我们所在的这个房间,对吧?"

"是的,我参观过,和圭介一起。"

"当时这个房间是怎么样的?"

"啊，要说怎么样啊……"他重新打量起雅文的房间，似乎想从中找到一些能唤醒记忆的线索。过了一会儿，他才缓慢地开口说道："毕竟当时夕阳西下，说实话，那时房间有点暗，细节部分我实在不清楚。我唯一能确定的是，当时房间里还没有上吊的尸体。房间里空无一人。"

"窗户呢？从窗户里看到什么了吗？"

"嗯，窗户啊。我记得，床旁边的窗户那儿好像没有什么特别的……但是书桌旁的窗户，透过玻璃能看到夕阳一点点地落入山中，还看到了南武线的列车……"

"富士山呢？你从这个窗户望出去的时候看到富士山了吗？"

"啊？那就是富士山吗？也是，这里毕竟是看富士山的好地方。是的，夕阳被山脊一点点侵蚀，我清楚地记得这个风景。虽然我不记得具体时间，但是临近日落，应该是六点多。这么说来，圭介哥哥的去世时间，应该是六点到七点之间。那就好，那段时间我正和圭介，还有圭介的母亲待在一起，有不在场证明，是吧，刑警先生？"

木村和树一脸单纯地问道。

然而风祭警部并没有回答他的问题，喉咙里发出呻吟，仿佛陷入了思考。风祭警部的拳头小幅度地颤抖着，暴露了他内心的不安。

最后一个传唤的人是圭介的亲生母亲，国枝久枝太太。她的证言与家政妇以及圭介的证言大致相同，没有什么特殊的信息。

因此，风祭警部帅气的脸庞上写满了"无聊"二字，将提问证人的工作扔给了部下。丽子迫于无奈接过了这个任务，一番询问后，她总结道："也就是说，在吃晚饭的时候，圭介先生一直与您，还有木村和树先生在一起，对吗？"

"是的，是这样的，"久枝太太点头道，语毕她又抬起头说道，"当然，除了他去厕所的时候。"

"圭介先生去厕所了吗？在吃饭的时候？"

"不，是在饭前，他说想去趟厕所，就离开了餐厅。差不多五分钟左右，他就回来了。在那之后，他就一直与我和木村先生待在一起。刑警先生们莫非是在怀疑我儿子？雅文不是上吊自杀的，您是这么看的吗？"

"不，关于这点，我无可奉告……"丽子敷衍地回答后又问道，"请问关于雅文先生自杀的理由，您有什么头绪吗？"

"我怎么会知道……"久枝太太说到一半，仿佛突然意识到自己不能这样回答一般，又换了一个意味深长的说法，"但是我想谁都会有烦恼的时候，哪怕是生活在一起的家人可能也不清楚。或许他身上发生了些什么吧。"她之所以选择这个说法，是为了给刑警留下"雅文有可能自杀"的印象，这样说对于自己的亲生儿子更有利，丽子在心中这么想。

至此，案件相关人物的传讯便告一段落。

4

久枝太太离开后，风祭警部在案发现场不断徘徊，仿佛思考着什么。但是在丽子看来，风祭警部做出这个动作，也可能是他在扮演"沉思的精英搜查官"的角色并为之陶醉。到底是真的思考还是在装作思考的样子呢？丽子看着徘徊的风祭警部，在心中思索着。

警部像是突然想到了什么，抬起头左右打量起来，问道："说起来，那位小姐去哪儿了，宝生君？"

"你是指若宫吗？"

听到警部的这个称呼后，丽子愈发觉得不能继续忍受下去了。哪怕是为了自己可爱的后辈，也必须让这个正在进行性骚扰的上司清醒一下。因此，她透过土气的眼镜框盯着上司，开口道："警部，你这个说法很有问题。你怎么能称呼自己的部下为'小姐'呢？现在早就不是那种时代了。"

——要是再不注意自己的说法，又会被贬职哦，警部。如果你觉得被贬职也无所谓的话，我可是喜闻乐见。你不在这儿，我才清静了呢。

丽子在心中大倒苦水。听了丽子的话，风祭警部一脸震惊。"嗯？是这样的吗？"紧接着，他又指着丽子说道，"但是宝生君，我依稀记得，之前我称你为'小姐'，你似乎挺开心的。"

"不，我根本没有开心！"谁开心过了啊！不要擅自篡改当时的记忆！

"但是我记得……"

"我没开心！我没有开心！"丽子声嘶力竭地否定道。

警部被丽子的气势震到了墙边，发出了"喔"的悲鸣。他眨了眨因为惊讶而瞪得有些干涩的眼睛，随后又用手理了理被丽子的气势吹乱的头发，挤出尴尬的笑容，说道："我，我知道了，宝生君。你说得对，现在早就不是能喊部下'小姐'的时代了。我一定改正，只在私下的时候叫。小姐，不，宝生君，你看这样怎么样？"

警部，你居然还打算继续用这个称呼叫我吗？

丽子叹了一口气，将话题扯了回来："这件事过去之后再说。所以若宫怎么了吗？"

"没什么，让她去传唤久枝太太后，那家伙不是一直没回来吗？我就在想，她该不会是在外面偷懒抽烟去了吧？"

警部，你把你的部下想得有多坏啊？爱里肯定不是那种会去外面偷懒抽烟的人！——"请不要把她和其他的男性搜查员混为一谈。她估计是去厕所之类的地方了，肯定用不了多久就会回来的。"

正当丽子替她辩解的时候，若宫刑警本人气喘吁吁地回到了现场。丽子好奇地问道："若宫，你去哪里了？"

后辈刑警小声地回答道："对不起，我去摘了一朵花①……"

"喂喂喂，你还有闲心去摘花吗？现在是工作时间啊，工作时间！"

"她的意思是去厕所！这个时候的'摘花'是指上厕所！"

听完丽子对于这个常识的解释，警部尴尬地留下一句："啊？

---

① 摘了一朵花在日语里是指上厕所。

啊啊,是指这个意思啊……"然后闭上了嘴。

这时,若宫刑警又解释道:

"然后,我就不记得刚刚离开的房间是哪一间了……这个房子的走廊不是特别长嘛,房间的数量也特别多,再加上走廊的灯光有点暗……"

"哦?然后呢?然后你就在调查现场迷路了?"

风祭警部的脸上浮现出嘲讽的笑容,朝丽子说道:"宝生君,稍微过来一下。"等丽子与自己一起走到墙边,风祭警部才小声地说道:"哎呀,看来我不在的时候,国立署的刑警水平下降了不少呀,真是可悲可叹。"

"可能是的吧……"过去的确没有任何一个搜查员会在案发现场迷路。现在再加上风祭警部,国立署的刑警水平说是史上最低也不为过。

"的确,真的是可悲可叹……"

"嗯,想来我不在的这段时间,你也挺辛苦的。但是宝生君,你别担心,现场的一些细节反而会成为破案的线索。那个笨手笨脚的家伙虽然犯了个看上去毫无意义的小错,但我聪明的大脑准确地理解了它背后隐藏的含义。说来我还得感谢她犯了这个错呢。"

"是吗……"警部,你到底想说什么?

丽子露出了疑惑的表情。此时,她的心中充满了不安。

警部走到房间的正中央,张开了双臂。他宛如在舞台上表演的演员一般,动作十分夸张。

"国枝宅邸十分宽敞，初次到访这间宅邸的人很有可能迷路。哪怕是我们的刑警，也有因不熟悉整个宅邸的结构而迷路的人，一般人更是如此。对了，就比如那个平平无奇的银行职员，木村和树先生。与若宫刑警一样，他在这个房子里迷路的可能性非常大。既然如此，我们就不得不重新思考木村的证言了，毕竟凶手有可能动了点手脚。你说是吧，宝生君？"

尽管不知道警部究竟想表达什么，丽子还是点了点头，对上司表示完赞同便追问道："是的，警部您说得对。假设凶手动了一点手脚，那么在您看来，这个案件是怎么发展的呢？"

"嗯，接下来我要说的，都是我个人的推测。"

警部在开始自己的推理之前，慎重地加上了铺垫。

"今天晚上六点左右，木村和树先生在圭介的带领下，参观了所谓的雅文的房间。但是实际上，那个房间不是雅文的房间，而是与雅文房间十分相似的房间。正因为是另一个房间，里面当然空荡荡的，没有雅文的尸体。也就是说，圭介当时向木村和树传达了一个错误的信息，他谎称那是哥哥的房间。当时，雅文真正的房间——也就是我们现在所处的这个房间——里面已经挂着雅文的尸体了。宝生君，我的推理不错吧？"

"按照您的说法，雅文先生被杀害的时间不是晚上六点以后……"

"对，早在六点以前，也许在木村和树到访国枝宅邸的五点以前，雅文就已经被杀害了。这段时间正好是圭介坦言自己在房间里的时间，他没有明确的不在场证明，极有可能是凶手。"

警部的推理听起来十分合理。对警部的推理毫无抵抗力的若宫刑警很快就放弃了自己的思考，完全相信了这个推理，惊叹道："好厉害！您说得对，的确是这样！"然而，已经对警部的推理有了免疫力的丽子则在心中树起了高高的防线，慎重地反问：

"警部，按照您的推理，这套房子的二楼应该还有一个房间，布置和摆设与雅文先生的房间一模一样。请问那个房间在哪儿？"

"哼哼，假如有这个房间的话，那么只有这一个可能性。好，事实胜于雄辩，就由我来证实这个房间的存在吧！"

话音刚落，风祭警部就独自离开了雅文的房间。

丽子与若宫刑警大眼瞪小眼。紧接着，她们也追上了一身白色西装的警部，跟着他离开了房间。

几分钟后，出现了这样一幕。国枝圭介带着这三位刑警，沿着二楼的走廊向前走。圭介十分困惑，他问风祭警部：

"等等，刑警先生，到底是怎么回事？怎么突然要检查我的房间……就算你们进去看了，里面也什么都没有啊……啊，就是那里，尽头的那个门就是我的房门。"

圭介指向了前方的门。警部满意地点了点头。

"您的房间也位于角落呀，和雅文先生的房间一样。"

"要说是位于角落的话，这个房间也的确算得上。"圭介一边说着，一边转动门把手打开了门，将三位刑警请入自己的房间。

"您请。"

还没等圭介说完，警部就毫不客气地大踏步走进了房间。丽子与若宫刑警赶忙跟紧上司的步伐。

看到房间内部的一瞬间，警部就得意地开口了，脸上浮现出胜券在握的笑容："宝生君，你看！怎么样！"

"嗯……"丽子用手指推了推自己土气的眼镜，观察起房间的布置。

圭介的房间的确与雅文的房间十分相似。房间的大小应该是一样的，此外，里面都有造型相似的单人床、书桌、躺椅和书架等家具，摆放的位置也十分相似。乍一看，或许会将两个人的房间弄混。当然，两个人的房间也有不同的地方。比如圭介的房间在靠门的墙壁上挂着一台大屏幕电视机，看起来有六十寸，而雅文的房间里却没有电视机。此外，两个房间最大的区别是——窗户的位置。

丽子只能充满遗憾地向警部宣布这一消息。

"警部，这个房间只有一扇窗。"

"嗯？只有一扇窗？"警部好像不知道这一点，听到了丽子的话，不禁瞪大了双眼。

"你看，床边有个齐腰高的挂着百叶窗帘的窗户吧？这个布局与雅文先生的房间是一样。但在雅文先生的房间里，书桌旁边有一扇朝西的窗户，就是能看见富士山的那一扇。这个房间里却没有这扇窗户，书桌旁是光秃秃的墙壁。"

"真的，这个房间虽然也位于角落，但是只开了一扇窗户。"

若宫刑警十分惊讶，小声地嘟囔道。

胜利的笑容渐渐地从风祭警部的脸上消失了，他像是抓住最后一根稻草一般，逼问圭介："喂，你！你把这里的窗户弄到哪儿去了！"

圭介无奈地回答道："刑警先生，我哪儿都没弄，这面墙壁上本来就没有窗户。我房间里只有一扇窗户，而且从这扇窗户望出去，是看不到富士山的。"他仿佛猜到了刑警的推理，指着朝东的窗户向警部解释道。

风祭警部涨红了脸。

现在轮到圭介胜券在握了，他露出不怀好意的笑容，补充道：

"刑警先生，您看清楚了吗？在我的房间里，无论如何都不可能看到夕阳被富士山吞没的光景。"

5

"就是这么一回事。托他的福，现在的调查进退两难。有不少搜查员开始重新讨论自杀的可能性。"

围绕着几天前发生的国枝雅文诡异死亡案件，丽子总结道。今天的工作结束了，她坐在宝生宅邸客厅的沙发里，身上便捷却土气的工作制服变成了精致的粉色连衣裙。

她晃动着手里的酒杯。玻璃高脚酒杯里装的是有意大利"酒中之王"别称的巴巴瑞斯，红色的液体在酒杯里打着转。她抬头向站在身边的西装装束的管家询问道。

"影山，听完我刚刚的叙述，你对他的印象怎么样？"

"您是说新来的刑警吗？根据您的描述，我认为是个可造之才，将来一定能大展拳脚。只需要大小姐您作为前辈，指引她走上正确的道路……"

"嗯，你说的也是，她是个很有天赋的人。毕竟她在风祭警部面前没有丝毫怯懦。但是换个角度来说，爱里这个人其实有些迟钝……不是，你说的这些我不想听！"丽子表演了一个标准的被带偏后的吐槽。她将酒杯砰地砸在桌子上，狠狠地瞪着身旁站着的管家："谁问你关于若宫刑警的看法了！我想问的是……"

"啊，您是指风祭警部啊。我只能遗憾地告知您，我对他的印象依然如故。"

"嗯，我也是这么想的——不是，这个我也不想听！"她其实十分赞同影山的话，时隔许久风祭警部依然还是老样子。但是丽子现在想问的也不是对于风祭警部的印象。她重新将话题扯回到案件上："我是说最可疑的国枝圭介啦！"

"是这样吗？我想请问一下，您觉得国枝圭介先生的不在场证明人木村和树先生是个值得信赖的人吗？他也有可能接受了圭介先生的贿赂，替他伪造不在场证明。您觉得这个猜想不成立，对吗？"

"虽然从道理上来说，这个猜想或许成立。但是根据我的观察，他应该不是那样的人，木村和树的一举一动都不像在撒谎。所以我想他在参观雅文房间的时候，的确没有看到悬挂在天花板上的尸体。"

"那么就如风祭警部的推理一样，木村先生所看到的房间其实是另一个房间，而不是雅文先生的房间——您如何看待这个猜想？"

"这个猜想的确很有趣，但是依旧不成立。我将国枝宅邸的所有房间都看了一遍，其中的确有几个房间窗户朝西，而且能透过窗户看见富士山。但是这些房间里没有任何一间符合要求。像是久枝太太的寝室、身处医院的国枝芳郎先生的书斋，他们房间的大小、家具的种类以及摆放的位置，都与雅文先生的房间不大一样。如果将类似的房间谎称为雅文的房间，介绍给木村和树的话，木村和树很有可能不会按照圭介所期望的想法去思考问题，甚至还可能对雅文先生房间的位置产生误解。"

"原来如此。但是圭介先生的房间与雅文先生的房间布置十分相似……"

"是的，两个人虽然是没有血缘关系的兄弟，但是房间里的家具种类与摆放位置十分相像。如果不仔细观察的话，或许会将两者的房间弄混。啊，但是很可惜……"

"圭介先生的房间里没有朝西的窗户——您是指这件事吗？"

"不止是没有朝西的窗户，窗户数量还比雅文的房间少一扇，这个猜想根本不可能成立嘛。在没有窗户的墙壁上怎么可能看到富士山呢……"

"所以猜想不成立——不，事实真的是这样吗？"

管家意味深长地自言自语道。丽子一脸期待地望着他。

"嗯？什么意思？影山，你想到什么了吗？"

影山似乎想要张嘴说些什么，却又闭上了嘴巴。他将右手放在黑色西装的胸口处，恭敬地低下头，朝丽子行了一个礼："不，连大小姐您都不知道的事情，身为仆人的我又怎么会知道呢？"

"你怎么突然谦虚起来了？你好像不是这种人吧！"换作平时，这个管家早就开口说些嘲讽的话了："连这些事情都不知道，大小姐您是傻子吗？"这不禁让丽子陷入自我怀疑之中。

对于影山不同寻常的举动，丽子非常疑惑。

影山虽然只是担任宝生家的管家，但是他拥有出色的侦探能力。在此之前，仅仅凭借丽子对于案件的详细描述，他不止一次解开谜题，推理出了真正的凶手。他多次向丽子展示了自己优秀的联想力，他的推理如同快刀斩乱麻一般直指案件真相。此外，他的傲慢态度与不怀好意的言辞也与他的推理能力一般出众。这一切能力都不是一句"身为仆人"能概括的，他是一位优秀的管家。

听了丽子的话，这位管家十分惊恐地摇头道：

"不不不，我本来就是这样的人。以谦虚为立身之本，默默地守护大小姐是我的使命。莫非，在大小姐眼里，我不是这样的人？"

"当然不是了！我跟你说，眼睛好是我唯一的优点！"

这个男人果然还是那个与谦虚毫无关系的管家，丽子无奈地感慨道。但是不知为何，影山一直在试图岔开话题。明明他刚才仿佛已经想到了什么，丽子的确看到了他欲言又止的姿态。究竟是怎么回事？

尽管丽子沉浸在浓浓的疑惑之中，但影山毕竟是一个对丽子的心思了如指掌的管家，他一边往丽子的酒杯中斟酒，一边开口道：

"说起这个，大小姐，秋千商店街里新开了一家帽子专营店，听说里面展示的帽子都十分精美。"

他提出一些与案件毫无关联的话题，试图转移丽子的注意力。

丽子在心里想着：哼，我才不会如你所愿呢。但是得益于丽子本身就痴迷于收集帽子，当对方提出她最感兴趣的话题时，她不由自主地激动了起来，便顺着对方的话题说了下去："是吗？是吗？那我一定得去看看！"

此时，与案件相关的想法已经从她的脑海中消散得一干二净，再也不会复苏。

丽子心情愉悦地享用完红酒后，晕乎乎地躺在床上。陷入梦乡前，她脑海中描绘的不是案件解决时的画面，而是与精美帽子们邂逅的场景。

6

不知过了多久，梦中的丽子正要伸手取下那顶她心心念念的爱马仕高级编织草帽时，耳边响起了敲门声——咚咚，咚！

寝室的房门被敲响了三次，紧接着传来呼唤声："大小姐！"丽子立刻睁开了眼，从床上爬起来，手忙脚乱地披上睡袍，打开了房门。影山站在昏暗的走廊中，依旧是一身笔挺的西装。

——这个男人莫非一直是这身衣服，从没穿过睡衣？

丽子的脑海中浮现出这个不合时宜的问题。

"怎么了，影山？发生了什么事吗？"

"大小姐，嘘。"影山将食指竖在自己嘴前，比了一个噤声的手势，示意丽子安静。他指向昏暗的走廊，压低声音说道："那边的房间里好像有几个人在，可能是想偷宝生家传家宝的小偷。"

"什么？小偷？那得快点报警才行！"

"大小姐，您是忘了自己的职业吗？"

"我、我才没忘！"对哦，我就是警察，"但是小偷不可能出现在这里吧？"

宝生宅邸是十分壮阔的豪宅。要是有小偷踏入宝生宅邸的地盘，警报声便会立刻拉响，保安就会鱼贯而出，警犬会嗷嗷地叫着搜寻犯人。宝生宅邸内设有一套最先进的防盗系统，除非是像漫画中技艺高超的大盗一样的人，或是能操纵警犬的人，不然是无法潜入宝生宅邸的。无论是这两种人里的哪一种，都是凤毛麟角般的存在，因此宝生宅邸里出现小偷的可能性微乎其微。

"而且你手上提着的是什么啊？发光二极管提灯？你是在演戏吗？要不就把走廊的灯打开吧……"

"不不不，我绝对没有演戏的意思，我现在无比严肃。"影山用提灯照亮了昏暗的楼下。他像是为了避免丽子继续追问一般，迈开了步伐："大小姐，那么请您与我一起……"

算了，看他一个人演也挺可怜的……

丽子轻轻叹了一口气，配合起管家的表演。估计影山是有什么想法，才会在深夜把自己叫醒，表演这一场闹剧。影山不是那种没有计划的人。

丽子追上他，跟着他一起沿着长长的走廊前进。

过了许久，影山终于在一扇门前停下，开口道："就是这个房间，大小姐。"

"这里是……嗯，什么房间来着?"因为宝生宅邸的房间数量很多，就连丽子也不能在第一时间想起这个房间的用途。她将耳朵贴在门上，认真地听了里面的声音，但是什么都没听见。

"什么嘛，里面不是一个人都没有嘛!"

丽子一把转开门把手，打开了房门。房间内一片漆黑。影山抬起提灯，照亮了房间的入口处。丽子这才想起，这是父亲的收藏室，专门用来摆放父亲宝生清太郎从各地收集来的破铜烂铁——不，这里摆放的东西当然是宝物，不是破铜烂铁——的房间。

房间里摆放着虎皮、鹿角、战国时代的铠甲、江户时代的日本刀、明治时期的耕作工具，甚至还有写有昭和时代偶像的亲笔签名的小纸片。这些不同时代的东西没有规律地摆放在这间收藏室中。丽子打量着这个凌乱的房间，开口道：

"果然里面一个人都没有。影山，你是在骗我吧?"

"我骗了大小姐您? 不不不，我绝不会做这种事……我的确听到里面有小偷的动静……"

"那么这些动静现在去哪儿了?"

丽子打量着这个昏暗的房间。紧接着，她的目光落在了房间墙壁上挂着的百叶窗帘上。透过百叶窗帘的缝隙，能看到齐腰高的窗户外美丽的夜景。现在正值深夜，远处国立市街道上闪烁着如繁星般的灯光。突然，丽子惊呼起来："啊，这个窗户没有关上!"

"嗯？窗户？窗户没有关上？"

丽子指向百叶窗帘。透过窗帘的缝隙，还能看到打开了一半的窗户。丽子的身体有些颤抖，她开口说："真讨厌，不会真的有小偷摸进了这儿吧？"

后知后觉的丽子感到不安，她环顾四周，试图寻找防身的东西。她取下陈列着的模型刀，向管家发出了命令："影山，你去窗户那儿看看。"

"好的，大小姐。"影山十分尊敬地回应道。他独自一人向百叶窗走去。但是中途仿佛想起什么，停下了步伐。他转过身来，用十分可怜的眼神看着丽子，肩膀不住地颤抖："那、那个，大小姐……"

"嗯？怎么了？"丽子的脸上写满了惊恐。

影山轻轻地摇了摇头，说道：

"大小姐，我求您了。您如果要说梦话的话，请在睡觉的时候说。"

等丽子回过神来的时候，她已经右手举着刀，左手握着刀鞘，与穿着西装的管家面对面地站在收藏室里。她的这副样子像极了剑豪宫本武藏摆出的二刀流的预备姿势。丽子向这个说话毫无尊敬之意的管家发火道："你什么意思，什么叫说梦话！你居然敢对我说'梦话留着梦里说'？也太过分了吧！"

"不不不，我并没有说'梦话留着梦里说'，我说的是'您如果要说梦话的话，请在睡觉的时候说'……"

"这两句话是同一个意思!"

不等管家说完,丽子就将手上的模型刀直直地对准他,开口道:

"影山,难道你觉得只要加上敬语,哪怕说得再过分我都不会生气?我告诉你,无论是不是敬语,哪怕你加上了'请'这个字,过分的话就是过分的话!"

"是我失礼了,"影山摆出一副惶恐的表情,慌张地低下了头,"大小姐您的愤怒合情合理——但是,如果可以的话,现在请您收起这个危险的武器。"

"真是的!"丽子的脸气到鼓了起来,她像历史剧里的武士一般,用刀在空中挥舞出一个圈,嗡嗡作响,最后把刀收进了刀鞘。这套动作做完后,她才开口向面前的管家发问:"所以呢?你凭什么说我在说梦话?"

影山听到她的问题后,摇了摇头,回答道:

"看来大小姐您已经不记得了。如您所见,这个房间是用来封藏老爷贵重的破铜烂铁的收藏室。"

"嗯,对,的确是这样。"

但是从你嘴里说出"破铜烂铁"有些不太合适吧?而且"封藏"这个词也有些问题——然后呢?这又怎么了?

"这些收藏品必须避免阳光直射。所以在建造之初,老爷就专门设计了这个没有窗户的收藏室,用来摆放这些珍贵的破铜烂铁。"

"我觉得你还是不要总把破铜烂铁挂在嘴边比较好……嗯?"

丽子不禁瞪大了眼睛，"没有窗户的收藏室？那这个窗户是什么？"

"您要亲自过来确认一下吗？"

影山往旁边走了一步，为丽子让出了路。丽子一边嘟囔着"这个不是窗户，还能是什么啊"，一边走到了窗户旁边。她又摆出了警匪剧《老大》里的姿势，试图压下百叶窗帘上的一片扇叶。下一秒，她发出了"嗯？"的疑惑声，睁大了眼睛，再三确认了这扇窗户。最后，她沉默地看向影山。

"……"

影山露出了如她所料的表情。透过眼镜，丽子看到了他眯起来的双眼，仿佛很愉悦的样子。

丽子再一次打量起眼前的百叶窗帘。她慢慢地将手伸过头顶，确认窗帘的上方。不出所料，窗帘没有被钉在墙上，也没有被挂在轨道上。百叶窗帘的上沿贴着强力贴纸一般的东西，固定在墙上。

丽子用力将贴纸撕了下来。失去支撑的百叶窗帘掉在了地上，发出恼人的"哐当"声。百叶窗帘后出现了打开了一半的窗户——不，是一个巨大的液晶显示屏放映着"窗户打开了一半"的影像。

丽子瞪大了眼睛大声喊道：

"什么嘛！原来不是窗户，是电视机呀！"

7

灯火通明的收藏室里，影山开始了他的说明。

"正如大小姐所说，这个不是窗户，而是电视机。这台六十寸的高清电视机与齐腰高的窗户拥有相同的尺寸与外形。它本来被安装在客厅，我将它挪到这间收藏室，安装到没有窗户的墙壁上，变成了挂壁电视机。电视机上播放的影像是硬盘媒体播放器内的视频。这个视频的内容是我亲自在隔壁房间透过半开着的窗户所拍摄到的夜景。电视机播放这段视频后，就能达到大小姐您刚刚看到的效果。事实上，您也误以为那是从窗户看出去的夜景，认为这里有一扇真正的窗户。那么结合这次的案件来考虑……"

"影山，你先等等！"丽子打断影山，"你怎么还摆出一副若无其事的表情，解说起这次的案件了？在这之前，你还有事情需要向我解释吧！"

丽子指着自己脚下的地板，加大了音量："今天晚上是什么情况？现在这一切到底是怎么回事？也就是说，你从头到尾都在演戏，家里也没进小偷。你只是为了向我展示这个由电视机伪装成的窗户，所以特意在墙壁上动了手脚，还把我从睡梦里叫醒。我没说错吧？"

"不愧是大小姐，您的理解能力真是出色！"

"这点事情我当然能理解！"丽子跺了跺地板，"我不理解的是，你明明不用这么麻烦，直接口头解释给我听就行了啊！"

"不不，哪怕我口头向大小姐说明这件事，大小姐估计也听不懂……呵。"

"你居然还敢'呵'！你太过分了！"

"我的发言让您不开心，我向您道歉。但是俗话说'百闻不如一见'。恕我愚钝，我认为与其开口说明，不如直接展示给您，能让您更快理解这个把戏。"

"真的吗？真的是为了让我更快理解？"丽子有些怀疑，"难道不是因为你觉得这么展示能把我吓一大跳，这样'很有趣'，才故意这么做的吗？"

"是的，我内心的确是这么想的。"

"你居然还敢承认！"丽子惊呆了，"算了，你想说的我理解了。总之就是在我睡着的时候，你把这间没有窗户的房间伪装成了有窗户的房间，然后成功骗过了我的眼睛。毕竟连我也想不到，眼前的夜景居然是高清电视机播放的视频。"

"在这个把戏中，最重要的其实不是高清电视机，而是悬挂在前面的百叶窗帘。当人们看到'悬挂着的百叶窗帘'，会下意识认为百叶窗帘后面是一扇窗户。一般人不会对此产生怀疑。正是因为这个先入为主的观念，才会将齐腰高的电视机误认成窗户，以为放映着夜景的视频是真实看到的夜景。这个把戏利用了人们先入为主的观念。那么，大小姐……"

影山慎重地征求丽子的同意。

"我是否可以向您解说这次雅文先生被害案的经过了呢？"

"当然可以——不过，看到你的这个把戏以后，我差不多也能想象出来了。也就是说，杀害雅文的真正犯人是和他没有血缘关系的弟弟圭介。圭介将自己的房间伪装成了雅文的房间，然后捏造了自己的不在场证明。"

"是的，正如大小姐所料。圭介的房间与雅文的房间不同，没有朝西的窗户，但是有一个挂壁电视机。圭介巧妙地把这两点结合在了一起,他将本来悬挂在门那一侧的墙壁上的电视机重新安装在了靠桌子的那一面墙上。"

"并且安装在了与腰同高的位置。"

"是的。然后圭介在电视机前安装了与雅文房间相同类型的百叶窗帘。百叶窗帘不需要结实地安装上墙,只需要像我演示的一样,用贴纸固定即可。只要前面有百叶窗帘,电视机看起来就会像是一扇窗户。此外,百叶窗帘还可以遮掩电视机的边框。然后他提前将摄影机架在雅文先生房间朝西的窗户前,录制好夕阳西下的视频。让自己房间里的电视机播放这段视频,在远处看来就宛如开了一扇朝西的窗户。当然,如果近距离观察的话,还是会有一点破绽。"

"原来如此,"听了影山的解释,丽子点了点头,"也就是说,圭介在木村和树到访国枝宅邸之前,就已经完成了这些小把戏。"

"他所做的不仅仅是这些小把戏。这次案件最主要的部分是杀害雅文先生后将其尸体挂在雅文先生自己的房间里。这些工作都是圭介在木村先生到访之前完成的。那天下午五点,圭介接待了木村先生,此后的一个小时里,圭介向他介绍了宅邸内摆放的美术品。下午六点,圭介按照计划带木村先生进入了所谓的'雅文先生的房间'。

"但这个房间并不是雅文先生的房间,而是与雅文先生房间十分相似的圭介自己的房间。而木村和树没有任何怀疑,相信了这就是雅文先生的房间。当时,他透过百叶窗帘看到了夕阳沉入富士山的风景。"

"正如大小姐您所说，木村看到这一幕后，便觉得这是一个朝西的房间。接着六点半，木村先生与圭介一同享用了晚餐。下午七点，家政妇与久枝太太发现了雅文先生房间里上吊死亡的尸体。在搜查过程中，风祭警部——当然，也包括大小姐您——根据木村先生等人的证言，认为雅文先生房间里出现他上吊死亡的尸体是在下午六点以后。在六点前的这段时间里，一直与木村先生在一起、拥有不在场证明的圭介便从嫌疑人的选项中被排除了。这些小技巧成功让大家产生了错觉。事实上，在下午五点之前，他便已经完成了行凶。"

"是这样啊。但是圭介在自己房间里动的那些手脚——挪动电视机和贴上百叶窗帘——这些东西他是什么时候收拾好的？我们进入圭介房间时，并没有看到那扇用电视机伪装出来的窗户。"

"您是指事后的处理吗？这些行为得在警方声势浩大地搜查国枝宅邸之前完成。这么想来，他只有在那个时间段才能完成这些工作——也就是晚餐开饭前，圭介前往厕所的那五分钟。趁这段时间，圭介离开了久枝太太的视线，假装前往厕所，其实偷偷上了二楼。他回到自己的房间后，迅速将百叶窗帘从墙壁上卸下，放到了一个合适的地方，然后将电视机放回了原位。"

"真的吗？那种大屏幕的电视机，一个人不太能搬得动吧？"

"的确很困难，但毕竟只是从一面墙壁到另一面墙壁的距离。与我把电视机从客厅搬到收藏室这种程度相比，所费的劳力不是一个等级的。"

"那倒是，跟你花费的这些不必要的劳力比起来，他的工作可轻松得多……"

丽子挖苦道。

然而影山却非常认真地点了点头，说道：

"是的，我想只要他事先排练过的话，是可以在几分钟内完成这一系列工作的。"

"你说得也是，我知道了。"丽子点点头，在脑海中架构起犯罪的全过程。过了一会儿，她一脸苦涩地开口道："所以，事情其实就像风祭警部推理的那样，嫌疑人采用了一个让人将两个房间搞混的小把戏。"

"是的，虽然警部没有看穿'伪装的窗户'，但他在大方向上没有错，推理与事实基本一致——实在是精彩绝伦。莫非警部在总部工作的这段时间，能力得到了大幅提升？"

"是吗？我倒是觉得这种事唯独不可能发生在风祭警部身上。而且影山你刚才不是也说了嘛，你对他的印象依然如故。"

对于丽子一针见血的指责，管家只能苦笑着用手推了推自己的眼镜。

究竟是"能力大幅提升"还是"依然如故"？现在下结论为时尚早，有待今后的观察。

正当丽子思索着这些事情的时候，管家突然一脸担心地望着她，开口道：

"话说回来，大小姐，您打算怎么做？我刚刚向您解释的这个手法仅仅基于我个人的想象，在假设圭介是嫌疑人的基础上，推理出他的犯罪手法。实际我没有任何证据来证明自己的推理是正确的。"

"也是。不过车到山前必有路，到时候总会出现突破口的。一定会有某个疏漏，能让这位自信满满的圭介露出惊讶的表情——啊，但是，在这之前！"

"在这之前？"管家一脸诧异地反问道。

丽子将快要打出口的哈欠咽回了喉咙，开口道：

"时间不早了，我要先睡了，这些事情明天再想吧。这么晚了，脑细胞早就不工作了。"

听完丽子的话，影山的脸上浮现出浅浅的微笑。他恭敬地低下了头。

"不愧是大小姐。那么就先晚安了，请您务必这么做。"

8

第二天下午，宝生丽子带着身后的若宫刑警，再次拜访了国枝宅邸。

两个人站在雅文的房间内，时隔许久地见到了圭介。对于这两位刑警的突然来访，圭介摸不着头脑，只得问道："刑警小姐，怎么了？是还有什么事情想问我吗？"他的眼睛四下张望着，"今天怎么没看到之前那位一身白衣服的刑警先生？他怎么了吗？"

他口中的"一身白衣服的刑警先生"肯定是指风祭警部。但是丽子有种直觉，要是带上警部一起来的话，再顺利的事情也会遇挫。因此丽子今天登门拜访时，只带了若宫刑警。但是这个有损警察形象的消息不能被外部知道，丽子顺口撒谎道："嗯……风祭警部因为个人原因，无法参加本次的调查……"

与其说是随口编造的谎言，更像是丽子充满恶意的玩笑。

"啊？警部先生无法参加本次的调查？"

"警部先生无法参加本次的调查？"

圭介和若宫刑警异口同声地问道。丽子看向了自己的后辈。

——爱里，警部没法参加本次调查一事，你应该"已经"知道了，不是吗？

看着这个迟钝的后辈，丽子不由得叹了一口气。她再次看向圭介，以一句"警部的事情与本次调查无关"结束了这个关于她上司的话题。她重新谈论起案件来："今天我们拜访这里另有原因。我可以问您一个问题吗？"

"好的，您请问……"

"那我就开门见山了。"丽子看向窗户，是之前多次提到的，朝西开能看见富士山的窗户。她指着被百叶窗帘切成块的窗外景色，向圭介提问道："在雅文先生去世的那天傍晚，您与木村和树先生一起到访了这个房间，看到了窗外的风景。我说得没错吧？"

"是的。当时正值傍晚，夕阳落入了富士山中。"

"当时，窗外是否有电车行驶？"

"啊？电车？我还以为您要问什么呢，就这件事啊，"圭介苦笑出声，从容地回答道，"的确，从这扇窗户望出去能看到远处的富士山，当然也能看到附近的南武线轨道。但是我不记得当时轨道上是否有电车在行驶了，我没注意看。"

"是吗？那实在是可惜了。但是木村先生对此记得很清楚。"

丽子话音刚落，圭介脸上的从容便消失得一干二净，取而代之的是紧张的表情，他的额头上甚至冒出了薄薄的汗珠。"就、就算他记得……那、那又怎么了？"

"木村先生说，当时他参观这个房间的时候，看到了窗外夕阳落入富士山的光景，近处还有电车在行驶——从这扇有百叶窗帘的窗户里。"

丽子夸张地双手抱胸，继续说道。

"但是仔细想想，事情不太对劲。那天傍晚，南武线的铁路发生了事故，立即停止了运营，直到深夜才恢复通行。因此，在夕阳西下的时候，根本不可能在南武线轨道上看到行驶的电车。若宫刑警，你说是吧？"

"对哦，难不成他看到的是什么怪异现象，还是什么都市传说？"

真不该问她这个问题——丽子无奈地摇了摇头，将这个问题抛给圭介，"圭介先生，您对这个诡异的现象有什么看法吗？"

"电、电车？唔……这个嘛……"圭介一下子陷入了动摇。

丽子欣赏着圭介的动摇，眼神充满愉悦，摆出一副胜券在握的样子。

"当时您与木村先生看见的夕阳落入富士山的光景，是那天真实存在的风景吗？是前几天拍摄的视频也说不定呢——国枝圭介先生，您有什么想说的吗？"

"……"

丽子语调平静地质问道。圭介的身体渐渐地开始颤抖起来。

他的嘴里已经说不出任何狡辩的话了。

第二部　密室中的血字

1

鸦雀无声的审讯室让人仿佛置身海底。穿着漆黑西装的宝生丽子沉默不语地坐在椅子上，她双肘顶在审讯室正中央的钢桌上，朝眼前的中年男性看去。

男人的名字叫中田雄一郎。身穿白色衬衫与休闲裤的他，吊儿郎当地坐在丽子的对面。他用指尖摆弄着刘海，像极了那种令人不爽的街区混混。

——真是的，估计这个男人看我是个女人，所以轻视我。

隐约有所察觉的丽子并没有像平日里那样乱来，而是低声对男人询问道：

"那么中田先生，你和下入佐胜被害案一点关系都没有？当然就更不知道萨摩切子之罐究竟去哪了是吧？"

"嗯，那是当然的，刑警小姐，"中田调整好自己的坐姿，这人经营了一家古董店，此时的他宛如估价一般朝丽子望去，"我并没有将刀刺入下入佐的体内，更没有抢走那个价值不菲的罐子。我完全是被冤枉的。为什么非要把我当成嫌疑人一样带进这个审讯室里呢？真是太令人费解了。"

"不不不，没有把您当作嫌疑人对待哦。"

——其实一直是将他当作嫌疑人对待。怎么说呢，嗯，谨慎地讲，应该是"最重要的嫌疑人"。

丽子微笑着挥动着双手，重新凝视起眼前的这个嫌疑人。

"话说中田先生，已经去世的下入佐是不是对身为古董商的你十分信任，而且偶尔还会从你手上高价购买东西？"

"嗯，正如你所说。下入佐先生对我家的古董店而言可是非常重要的顾客。这样重要的客人，我又怎么会将他杀死呢？刑警小姐，难道你不这样认为吗？"

"原来如此，您说得对。顺带提一下，听说被抢走的罐子是下入佐家代代相传的传家宝。这必定是一件价值连城的宝贝吧？身为专家的你会怎样看待这个罐子呢？"

"没错，那件东西最低估价也不可能低于一百五十万。如果能出手的话，交易金额很有可能翻上一倍——啊，不对……"他下意识地说出了这些话。中田突然闭上了嘴，脸上露出了拘谨的笑容："总之，那是一件极其稀有的珍品，有无数人想要得到这件宝物。"

"所以，这其中也包含你，对吧？"丽子用意味深长的语气询问道。

"我、我是个例外，我怎么会有这种打算……"古董商的视线飘忽不定，眼睛四处打转。

接下来就是决胜的关键。如此推断的丽子紧接着射出第二支箭。

"中田先生，你应该也想得到那个萨摩切子之罐吧？于是你跟下入佐提议，用合适的价位把东西转让给你。然而下入佐并没有将罐子出手的打算。他毅然决然地拒绝了你的提议——我说得没错吧？"

"谁、谁把这种事……我、我记得自己从没有说过这种……"

不、不，装作什么都不知道已经没用了。只要加以调查，用不了多久就能知道这些——正当丽子准备说出这句刑警味十足的台词时……

突然，她的身边伸出一只纤细的手臂，一双惹人怜爱的手掌拍在桌面上。钢桌并没有发出清脆的声响，而是发出了笨重的声音。

一个声音瞬间响彻整个审讯室。从某处传来了一个听上去很软弱且不太可靠的女性声音："不、不要撒谎了！你早就暴露了！"

发出如此尖细声音的人，当然不是丽子，而是站在她身旁的后辈——刑警若宫爱里。在她天真度满分、压迫力为零、词汇水平在平均值之下的怒吼声中，这个中年嫌疑人只产生了微弱的反应。反倒是身为前辈的丽子，被吓到差点从椅子上滑下去。

——爱里，你搞什么啊！还突然说出"早就暴露了"这样的话，不要搞得跟昭和时期的刑侦剧一样好吗？

扶正倾斜的眼镜后，丽子重新坐回椅子上。穿着一身保守的灰色西装的若宫刑警，可能是因为过于激动兴奋，又或者是因为羞耻心作怪，她的脸颊变得通红，不断喘着粗气。面对这样一个后辈，丽子只能摆出一副可靠的前辈姿态，冲她举起一只手。

"那个，爱里……不，若宫警官，不要发出这么大的声音。你要冷静冷静……"丽子如此说道，安抚完这个后辈的情绪，便再次转身面对嫌疑人，"考虑得如何，中田先生？现在愿意和我们说实话了吗？"

"你在想什么呢，刑警小姐！不会有人吃饱了撑的，愿意回答你这些内容。"

丽子对此非常理解——这人说的也对。对于这种即将落网的真凶，她能感受到他们企图再挣扎一下的想法。接下来，丽子决定追问下去："您认识喜好古董的竹泽庄三吗？"

"嗯，当然了。他可是我店里的常客。竹泽先生怎么了？"

"他可在我们面前作证了。他说在案发前几日，你与下入佐围绕着萨摩切子之罐，展开了激烈的争吵。所以说你还想继续装傻吗？中田雄一郎先生！"

"没、没错。你可不要骗我们，事情可没有那么简单。"

若宫刑警一边瞪着嫌疑人，一边拼命为前辈提出的问题助威。但是说老实话，她的这种助威只会起反作用。丽子不禁叹了口气。

——还说什么事情没那么简单，爱里啊，你明明如此年轻，说出来的话也太老气横秋了吧！

实际上，被逼到绝境的中田听完她的话便开始发抖，他松弛的脸上还露出了用来掩饰尴尬的笑容。中田之所以会这样，多半是因为若宫这个新人警察做出的无用奋斗，让嫌疑人的内心得到了一定的缓和。但这种效果依旧无法让犯罪嫌疑人说出有用的口供。

丽子从椅子上站了起来。她背对嫌疑人，将处于亢奋中的后辈带到了墙角。

"若宫，目前这个事件尚未明了。"

"又是这样，"若宫刑警将双臂叉在胸前，小声说道，"前辈，那个嫌疑人看咱们是女性，所以在小瞧咱们啊。"

"嗯，或许是这样吧。"

——不过，被看不起的人主要是你才对吧。爱里，你自己也清楚这一点吧！

丽子瞥了一眼若宫刑警，只见她双手继续交叉着，脸颊也变得鼓鼓囊囊。她的这副表情就像是学习过于认真，以至于让班级里那些不认真学习的男生都心生厌恶的学习委员。可这里并不是学校的教室，而是国立署的审讯室。也正因为如此，丽子在某个瞬间差点忘记了自己身在何处。

这时传来一个声音，审讯室的门被人打开了。一个穿着黑色衬衫、系着红色领带、全身被白色西装包裹着的男人出现了。他花里胡哨的穿搭风格，在其他警察局压根就见不到。

"啊、风祭警部……"

丽子呼喊起上司的名字，为什么他那张五官端正的脸上会露出那种毫无意义的憨笑？他径直走到丽子身边："呀，宝生君，还算顺利吗？"同时右手毫无顾忌地拍打着她的肩膀。这种行为很容易让人产生误会。"话说回来，刚才我在走廊另一头都听到声响了，应该是你大发雷霆的动静吧。要我说，你还是威慑力不够。"

"什么？警部，那个声音……"那个声音不是我发出的，而是她！

丽子默默指向站在自己身旁的后辈，借此更正风祭警部的错误。被风祭警部这么一说，不知道在想些什么的若宫刑警立刻看向别处，还做出整理刘海这种毫无意义的动作。哑口无言的丽子不禁冲她瞪大眼睛——爱里，你在装什么傻啊！这可是你自己种下的苦果啊！

因愤怒而颤抖的丽子先后朝上司和后辈看了一眼。风祭警部没有理会这件事，而是坐到丽子刚才坐过的椅子上，随后铿锵有力地说道：

"算了，接下来由我来询问吧。审讯的秘诀也让我来亲手向你们展示。你们两个可要好好学习，最好能偷学到我的这门技术，这可是上等技术。我还因此被人们称为本厅搜查一课的'审讯室的魔术师'呢。"

——警部还是老样子，喜欢吹嘘自己。他有值得被偷学的技术吗？话说回来，刚才大喊大叫的人绝对不是我而是爱里！

丽子在心里絮叨着自己的不满，风祭警部则开始窥视起嫌疑人的面孔。随后用叙述故事般的低沉声音进行审问："中田雄一郎先生，差不多也该认罪了吧？案发当晚你来到下入佐家，在藏有古董的仓库里，用刀将下入佐胜杀害。你偷走了价值连城的罐子后便从案发现场逃走了——我说得没错吧？"

"你肯定说错了。为什么你们这些警察都在怀疑我呢？想要将这个宝贝罐子占为己有的古董爱好者，光这附近就起码有五万人以上。"

"我知道，的确，被抢走的罐子可是萨摩切子中的极品。为什么我会知道这种事呢？其实在我家里，有一个比这个被盗走的罐子更大的萨摩切子的碟子。老实跟你讲，那可是大多数市民无法弄到手的东西。"

这绝非说大话——补充一句，这个非常自大的风祭警部确实不属于他口中的"大多数市民"。他作为中坚汽车制造商风祭汽车创始人的儿子，同时还拥有在职警部这一层官衔，可以说是极为特殊的市民。

中田将警部的这些话全当作了耳旁风，立刻不耐烦地开口道：

"所以说，为什么非要将我当成犯人一样对待呢？我不理解你们这样做的意义。难不成已经死掉的下入佐，在临死之际留下了什么遗言？比如说'凶手是中田……'这样的话？"

目中无人的中年嫌疑人毫无顾忌地断言道，审讯室瞬间沉寂了下来。

见到刑警不自然的反应，中田变得有些胆怯，他颤抖着嘴唇说道：

"怎、怎么一回事，刑警先生？难、难不成真的有……"

"怎么可能会发生这种事！"

这种场景经常出现在电视剧还有小说里，在现实世界中其实很难出现，因为受害者并没有开口说话的机会。

"没错，巧了嘛。"——风祭警部则因为能在这么好的时机里成功说出这句台词而无比开心。随后他又继续窥视起嫌疑人的眼睛。

"下入佐的遗体倒在仓库的地板上。他的旁边，留下了用血书写的文字——正是'中田'二字。"

2

在国立市的邻市，国分寺市的北部有一个叫户仓町的地方，那片区域由全新住宅与古老农田混合在一起。五月中旬，正值农作物大放异彩，那里的某栋住宅中，发现了一具男性尸体。

宝生丽子一接到通知，便火速乘坐警车前往国分寺市。她费尽周折来到该地，看到案发现场全都是那种古老的非常乡下的纯日式建筑。宽阔的建筑用地上，有一栋铺有黑瓦顶的二层主屋。看上去像是仓库一样的建筑物，现在则被用作车库。旁边用灰浆涂抹而成的墙壁，便是那陈旧的库房。

大量穿着便衣的刑警与穿制服的警官，聚集在库房出入口附近。这里估计就是发现遗体的现场。想到这里，丽子火速赶了过去。在一群犹如乌鸦一般的男性搜查员中，却出现了一个身着灰色西装，犹如鸽子一般的年轻女性。这个人当然就是若宫爱里刑警了。丽子用最快的速度走到她身边，一边炫耀着自己的前辈身份，一边询问着最新情报。

"若宫，现在是什么状况？被害人是谁？死因是什么？嫌疑人在哪里？"

"现在还不清楚嫌疑人在哪里。"若宫刑警困惑地皱下眉头，随后看向笔记本，向丽子讲述起目前掌握到的情报。"被害人叫下入佐胜，七十二岁，是居住在这里的前农户。在数年前妻子去世后，他好像就取出了工作时存下的存款和退休金，悠然自在地开始了一个人的生活。"

"嗯，SHIMOIRISA，这是他的姓氏吗？汉字怎么写？"

丽子正纳闷，若宫刑警用手指在她面前写了几个字。

"上下的'下'，出入的'入'，然后是佐贺县的'佐'。汉字读法为'下入佐'。好像是鹿儿岛附近的一个稀有姓氏。"

"嗯，原来这么写。我知道了，你继续……"

"遗体是上午八点左右被发现的。第一发现人是住在这附近的被害人的次女，四十三岁的田口鲇美女士，以及被害人长女的丈夫，四十八岁的圆山慎介。他们两个人在仓库里发现了被害人流血的尸体。报警的好像是圆山慎介。前辈，要看看遗体吗？我到现在还没能见到。"

"嗯，当然要去看看了。"丽子刚说完这句话，就在仓库的出入口处突然停下。她就像在警惕什么似的，不断东张西望，随即低声向后辈刑警确认："风祭警部应该还没到吧？"

"嗯，他还没到……怎么了？"

"没什么，什么事都没有。"丽子只是想趁风祭警部不在的时候去现场查看。如果风祭警部在自己身边，丽子就无法集中精神进行搜查。丽子指着眼前的门："那么咱们就进去吧，若宫刑警。"

丽子二人推开朝内开启的厚重大门，一同进入仓库。虽说老旧的荧光灯还能照明，但仓库内还是有些昏暗，总觉得这里全都是灰尘。仓库很宽阔，应该有单间公寓那么大。四周的墙壁上，满是直通天花板的高大架子。架子上堆满了陈旧的纸箱子、木制箱子和大量卷轴等工具。

被这些架子所包围的仓库中央，一具脸朝下的男性遗体趴在铺满木板的地面上。死者是位老人，身材消瘦，两鬓霜白，脚上穿着凉鞋，身上包裹着像是室内便服一样的藏青色卫衣。一把小刀深深地插进他的侧腹，周围的地板上沾满了流淌出来的血液。在他身上并没有发现其他显眼的外伤。可以肯定的是，刺向侧腹的这一击应该就是致命伤。

勘查现场的丽子却将视线停留在了其他地方。遗体的右手边，出现了很不寻常的场面。

死者处于将右手伸至头部的一种状态。他的食指上沾有不自然的血迹。离他手指几厘米远的地板上，好像有用血书写的文字。这应该就是所谓的血字了吧？见到这个后，若宫刑警发出了惨叫。

"前、前辈！这个说不定就是电视剧中常见的那个叫死亡留言的东西吧？我还是头一次见到。"

"你冷静点，爱里……不对，若宫刑警！"实际上，丽子也快控制不住自身的兴奋。虽然她是前辈，但她也没怎么见过死亡留言这种东西。丽子注视着地板上的血字，嘟囔似的说道："写的好像是'中田'吧……"

"嗯，好像是，我也这样想，就是汉字'中田'……"

二人站在尸体旁，用很特别的神情点头示意。不过写在案发现场的"中田"二字并不足以证明就是中田犯下了罪行。

不知道现场还有没有其他线索可以帮助她们查明案情。想到这里，丽子向仓库内看去，她总觉得现场有不少被弄乱的地方。像积木般整齐摆放在一起的木箱，有一部分被很不自然地取了出来，堆积成山的卷轴也散落一旁，不少卷轴还滚落到地板上。这番景象，应该是某人来到仓库中寻找宝物，在找到目标后便逃走造成的——丽子联想到的场景，清晰地出现在她的脑海里。

若宫刑警应该也有着同样的想法吧？毕竟室内的情况一目了然。

"这应该是强盗所为吧？"

"嗯，这就是所谓的入室抢劫杀人案。小偷潜入仓库中，恰好被下入佐撞到。嫌疑人迅速掏出小刀向他刺去，这种情况完全有可能发生。"

就在丽子说完这种可能性后——

仓库大门那侧突然传来吵闹的引擎声。如果不是偶尔出没在多摩地区的那帮落后的暴走族，就是风祭警部那辆捷豹发出的声音，这一点应该不会有错。丽子对此无比坚信，这时门外搜查员嘈杂的声音也传到了她的耳朵里。正如丽子所想，前来交接的人一边发出夸张的声音，一边推开仓库的门。果然不出丽子所料，出现的人正是穿着一身纯白西装的上司。这个人刚确认完部下的身份后就开口道：

"让你久等了，宝生君！"

"那个……我在此恭候多时了，风祭警部。"

丽子伪装成忠诚的部下，哄骗着风祭警部。自己其实一点也不想等他过来。如果可以的话，她真希望这个人不要出现在这里。风祭警部并没有注意到丽子的这种想法，而是将视线投向新人刑警："大小姐，身体还好吗？"在这个时代，这是一句有失上司身份的问候语。若宫刑警则用尽全身力量发出苦笑。

"若宫君，能向我说明一下情况吗？嫌疑人是谁？"

"现在还不清楚嫌疑人是谁。"

若宫刑警一边回答着他的问题，一边重新拿出笔记本，将先前的内容再复述一遍：先说出被害人的身份，再用手指在空中写出"下""人""佐"这三个字，然后告诉他第一发现人的姓名。警部随即观察起眼前的这具遗体，他的视线理所当然地也笔直地看向残留在地板上的血字。

"啊，这、这个是……"

"怎么了，警部？"丽子用满不在乎的语气问道。难不成警部要说出"嫌疑人是中田"这种无聊的话了吗？

风祭警部再单纯应该也能察觉到丽子的眼神吧？他慌忙摇了摇头，然后说道："不，什么都没有。现在所有的情况都无法判断……"刚要说出口的中田二字被他咽了回去。多半是因为风祭警部在本厅工作多年所得到的经验让他多少能够感受到周围的气氛。

这是否也算一种成长呢？——丽子抱着胳膊，目不转睛地看着警部，只见他又将目光投向留有被翻乱痕迹的架子上。他严肃的脸上浮现出自鸣得意的笑容。警部指着滚落在地上的卷轴，说了句："宝生君，看那里。"然后开始喋喋不休："这个仓库有很明显的被抢劫过的痕迹。这看上去很像是强盗所为吧？——不不，先等一下，宝生君！现在断定这就是单纯的强盗行为还为时过早，你再好好想一想。"

"什么?"我可什么都还没说呢!

"潜入仓库的小偷,被运气不好的下人佐撞见了。于是,案子就变成了入室抢劫杀人案——大小姐,你是不是这样考虑的?"

"警部所言甚是,"若宫刑警笑嘻嘻地点头示意,然后用很天真的口吻继续说道,"实际上,刚才我和宝生前辈也有着完全相同……"

在警部来到这里之前,我们一直在讨论同样的问题——你是不是想说这句话啊!察觉到危机的丽子迅速将手伸出,强行堵住后辈喋喋不休的嘴。

被丽子捂住的若宫刑警发出了"啊,好闷……"的痛苦呻吟声。顾不上其他事情的丽子将她带到仓库外面,说出了来自前辈的劝告。

"若宫刑警,你这样可是不行的!即便警部的推理多么平平无奇——算了,反正他平常也是这样——总之你只需闭上嘴听他说。你就让他尽情地说,对方能开心就好,这才是部下的任务。最重要的一点,如果你说了什么多余的话惹领导不开心了,会带来很多麻烦的事!"

"喂喂,会带来什么麻烦的事啊?我可全都听到了,你……"

丽子身后突然传来了男人的声音吓得她将头转了过去,风祭警部的半张脸从仓库的阴暗处露出来,偷偷看着丽子:"宝生君,你究竟在说谁会不开心啊?"

"不不不,我我我、我没有别的……"

"是吗?"风祭警部依旧身处阴影之中,"算了,虽然很不爽,但咱们还是先把案件弄明白吧。"

"警部,您说得太对了。"天啊,可算得救了,"咱们继续案件的话题吧!"

"宝生君,这其实是一个很简单的案件,很明显就是强盗杀人。嫌疑人的目标就是仓库里的宝贝,他将下入佐杀害后,抢走了那个宝贝。至于嫌疑人的名字,毋庸置疑就是那个叫中田什么的家伙。除此之外,应该没有其他可能了!"

风祭警部突然改变了态度,堂堂正正地展示了他的推理。听到如此平庸的看法后,丽子非常不安。

3

被害人的遗体很快就被从仓库中抬了出来。现场只留下用来表示尸体的白线、已经风干的血液以及那行血字。

"那么,先和尸体的第一发现人聊聊吧。喂,若宫君,把那两个人带到这里来。"

接到风祭警部的指示,若宫刑警精神十足地回答了一声"是"后便走出仓库。不一会儿,她就带回两名中年男女,也就是最先发现尸体的田口鲇美和圆山慎介。

根据他们所说,下入佐胜和去世的夫人有两个女儿。长女叫秀美,她的老公便是圆山慎介,在国分寺市的金融机关工作。圆山穿着一身制作精良的藏蓝色西装,看上去是个工作认真的公司职员。他没有孩子,和夫人一同生活。

次女鲇美则与一位名为田口透的公务员结了婚,现在的她叫田口鲇美，他们二人育有孩子。鲇美现在好像是一名专职的家庭主妇。不论是圆山家还是田口家，离下入佐家的距离都不远，各家往来频繁，关系很不错。

当这些情报汇入风祭警部的大脑后，他立刻切入主题。

"有件事想跟二位打听一下。那个，你们对'中田'这个人有没有什么印象？"

"警、警部，"丽子慌忙打断了上司的质询，小声劝告他，"现在提出这个问题太早了。你不应该按照条理，先询问他们发现尸体的过程吗？"

"哎呀，你太麻烦了，"风祭警部表现出搜查员不应有的态度，随后不耐烦地重新进行询问，"能否请你们二人详细说一下发现遗体的经过？"

——没错没错，这样询问就对了，警部！你这不也挺能干的吗？

丽子点着头，站在她面前的田口鲇美开口说道：

"我每天早上八点左右会回这个家一趟，帮忙做早饭还有洗衣服，照顾父亲已经成为我每天必做的事。或者说，自从母亲去世后，因为我坚持这么做，所以这变成了一种习惯。我今早如同往日一样，八点整来到这里。但今天很奇怪，我按响玄关的门铃却没有人回应，而且玄关还没有上锁，所以我打开玄关的大门，边呼喊着父亲，边走进家中。然而不论是客厅还是厨房，都不见父亲的身影，我便觉得有些奇怪。在我的印象里，早就不从事农活的父亲不会这么早出门。父亲究竟跑去哪里了？就在我思索的时候，慎介出现在玄关。"

田口鲇美看向那个中年男人，也就是她的姐夫。圆山慎介立刻接下去说道：

"我是在上班途中顺道来这里的，上周出差买了点土特产，打算送给岳父。我发现主屋的玄关门是开着的，我向里面呼喊时看到了不安的鲇美。我问鲇美发生了什么事，她十分担心地说'父亲不见了'。我赶快进屋寻找，可并没有发现岳父的身影。就在这个时候鲇美跟我说'说不定父亲在仓库里面'。岳父的兴趣爱好是收集古董，他把很多值钱的东西放进了仓库。"

"原来如此，"警部点着头说，"然后你们二人便走向仓库。那个时候仓库是什么样的？"

"入口的门是锁着的，"回答这句话的人是鲇美，"不论怎么推，那扇门都纹丝不动。慎介，是不是我说的这样？"

"嗯，鲇美说得对。不论怎么推或拽都没有用。不过也正常，毕竟那扇门被锁上了。虽说这件事没有多奇怪，不过……"

"不过怎么了？"风祭警部饶有兴趣地问道。

圆山慎介像是在回忆："我是偶然才发现的，门附近的地面上有类似红色斑点的东西。我凑过去仔细瞧了瞧，那多半是已经晒干的血。应该是某人流的血变成了红色斑点。"

丽子进仓库之前也看到了。与门相距数米的土地上残留着红色痕迹，虽说只有一点点，但确实是血迹。

"你发现血迹后是怎么想的？"

在丽子的质问下，圆山慎介毫不犹豫地回答道："我当然是产生了不好的预感。虽说我不清楚那究竟是我岳父的血,还是其他人的血,但这里肯定发生了什么事。说不准这是岳父的血呢,他该不会倒在仓库里了吧?虽说我并不想看到这样的场景,但还是不免产生这样的想法。恐怕鲇美也有着相同的想法吧。"

"嗯,没错。于是我立刻跑回主屋,带着仓库的钥匙回到原地。毕竟我从小就住在这里,所以很清楚备用钥匙存放在何处。我从主屋拿到钥匙后就回到这个仓库。"

"原来如此,"警部点点头,"那么,你们是用备用钥匙打开门锁后进入仓库的?"

"不是的,说来也很奇怪,刑警先生,"圆山慎介像是要稳住有些急躁的警部一样,冷静地说道,"即便使用钥匙,门也打不开。"

"门打不开?怎么一回事?"

"我将鲇美拿回来的备用钥匙插进锁孔后,门锁就被打开了。钥匙转动得很顺畅,打开锁感觉很轻松。但不知为何,门就是推不开。这个门上很可能还上着另一把锁。"

"上着另一把锁?怎么回事……"

"是门闩,"鲇美激动地说道,"大门被人从里面插上了门闩,所以不论怎么推,门都打不开。"

"本以为能打开门,结果还有一道门闩?"风祭警部嘟囔着这句话,走到出问题的门旁边。丽子与若宫刑警也跟着上司前去观察实物。

门的内侧确实有一根破烂不堪的门闩——准确地说,是以前就被当作门闩使用的棒状物体。这根门闩长约二十厘米，由陈旧的木头制成。这种门闩的结构很原始，将滑动木棍插进卡槽便可以锁上门。如今，这根木棍从正中间断成了两截。看到这里，若宫刑警提出了一个单纯的问题。

"这个门闩是怎么回事？也太不经用了吧？还有这根棍子，不应该是金属质地吗……"

"啊，确实也有那种，"这回发出苦笑并点头的人是圆山慎介，"因为是用来给仓库上锁的，本身使用的机会就不多，所以能够把门锁上就足够了。这一次幸亏门闩是木制的，破坏掉它才得以进入仓库。当然了，这种体力活是由我负责的。这根断成两截的门闩，是我着急开门才弄断的，我由于用力过猛，还一头扎进了仓库中。对吧，鲇美？"

"没错，我跟在慎介的后面进了仓库。"

"然后就看到了下入佐的遗体，是这个样子吧？"

听到风祭警部的询问，田口鲇美严肃地点了点头："是的，那个时候父亲已经断气了，整个人就那样倒在地上。我尖叫着蹲了下来。"

"于是我替鲇美拨打110报案。无论谁看见这个场景都会认为是非正常死亡。"

"如果按照你们所说，这间仓库是密室状态，那死的确是非正常死亡，"风祭警部半信半疑地确认道，"顺带再确认一下，这间仓库只有正面这一个出入口，我说得应该没错吧？"

"对，没错，"圆山慎介回答道，"仓库没有后门。虽说有窗户，但是被较高的架子挡住了，所以窗户无法进出。也就是说，能够让人进出这里的，只有正面的那扇门。"

"这扇门是从内部被锁上的，那么这里果然就成了一间密室……下入佐被关在这个空间里，侧腹血流不止，直到死亡。如果是这样的话，难不成是自杀？"

"刑警先生，这种事是不可能发生的，"田口鲇美在风祭警部自言自语时拼命摇头，她插嘴道，"父亲没有自杀的理由，也没做出过这种行为，总之他是不可能自杀的。"

"而且，"一旁的圆山慎介也插嘴道，"这间仓库有被抢劫过的痕迹，岳父还在地上留下了血字。那是岳父临终前用尽最后的力气写下的文字，就是为了向我们传达凶手的名字。刑警先生，你应该也是这样想的吧？"

"当然了，我也是这样想的，"警部像是再度想起血字似的大声说道，"尽管如此，也不能轻易得出这样的结论。死亡留言这种信息常常被捏造或篡改，所以不能轻易相信。出于这些考虑，我才会问接下来的问题……"

风祭警部表现得极其谨慎，可话音刚落，他就提出了"认定某种结论"的问题："你们是否认识一个名叫'中田'的人？"

听到这句话的圆山二人面面相觑，露出疑惑的神情。不一会儿圆山慎介便开口说道："起码我们的亲戚中没有叫'中田'的人。这个人说不定是岳父的朋友，不过我对岳父的人际交往也不是太清楚。鲇美，你知道吗？"

"我也不是很清楚。不过，父亲的爱好是收集古董，从这个方面着手的话,说不定会有所发现。刑警先生,如果你们想调查这方面的话,可以试着去拜访一位名叫竹泽庄三的人。竹泽先生与家父交情很深,是位年长的古董爱好者。他或许能为你们提供中田的线索。"

听到田口鲇美的提议后,风祭警部满意地点点头。他脸上的笑容早已控制不住,这个笑容仿佛是在宣布,距离找到真凶又近了一步。

4

听完第一发现人的话,风祭警部立即对部下下达命令。

"宝生君,你们两个先去拜访那个名叫竹泽庄三的古董爱好者。你们需要打听的内容只有一个,就是下入佐认识的人之中,有没有叫中田的人。"

只要打听这件事就行了吗?警部过分拘泥于死亡留言的搜查方针令丽子产生了怀疑,不过与之相比,有件事更让她在意。

"拜访竹泽先生倒没什么,不过就只有我和若宫刑警两个人吗?在我们外出行动的时候,警部会前往何处,又会干些什么呢?"

——难不成你派两个年轻人出去工作后,自己就开始偷懒了吗?警部,你可不能只图自己开心啊!

丽子一边在心里嘀咕这件事,一边向上司投以严肃的眼神。

也不知道风祭警部是如何误解了丽子眼神的真正含义,只见他突然露出惊讶的表情,恍然大悟般地说道:"啊,是吗?是这么一回事吗，宝生君？"然后又冷不丁将右手很不礼貌地搭在丽子的肩上，"真是不好意思，我实在是太马虎了。都怪我长期在本厅内工作，完全没有注意到你的感受。宝生君，我现在知道了。没办法，谁叫这是你期待的事呢。竹泽先生那里，就由我和你一同负责吧！"

"什么！"——谁会期待这种事啊？

警部对目瞪口呆的丽子漠不关心，用手指向前方说道："那么，宝生君，快点坐上我的捷豹吧。不论何时，捷豹的副驾驶座，都是只为你而准备的特等座位！"

——你快给我闭嘴吧！在什么都不知道的后辈面前，你这些话可是会招来误解的！我从来都没有想过要坐在你捷豹的副驾驶座上！

作为回应，丽子移开了警部搭在自己肩膀上的右手，又把自己的右手放在了可爱后辈的肩膀上，说道："咱们出发吧，若宫刑警，这可是警部的命令哦。咱们去拜访竹泽庄三先生，向他打听情报。对了，你好像挺擅长开车的？"

"啊，是的。如果是小型巡逻车的话，我还是挺擅长的……"

若宫刑警说完这话后便不断靠近前辈，丽子则冲上司摆了摆手。

"那么，警部你就等着我们成功的好消息吧。"

"啊？"发出呻吟的风祭警部露出了非常不满的表情。他双拳紧握，颤抖不止，然后逞强道："知、知道了。你们出发吧，这段时间，就由我在这里解开这个朴素的密室之谜。"

就在警部嘴硬的时候，丽子和若宫刑警已经坐进了小型巡逻车。随后她们开车前往竹泽庄三的家。

从案发现场开车到竹泽家，只需要三分钟。可就是在这么短的路程里，副驾驶上的丽子经历了三次胆战心惊的体验，甚至忍不住想拉手刹——由此便能推测出爱里的驾驶水平。爱里，你就这个水平吗？如此水平的你居然能被分配到刑事课？

丽子越想越觉得这件事难以理解，但现在并不是思考这种事的时候。到达竹泽家后，丽子迅速按响了玄关处的门铃。不一会儿便出现了一个年纪和被害人相仿的男子，估计他对这件事也有所耳闻。当丽子二人掏出警官证并说明来意后，竹泽如同早有准备一般，立刻就将两位刑警带进了客厅。

她们坐在小桌子旁闲聊时了解到，竹泽庄三果然是通过收集古董与下入佐胜相识的。他们是那种会一同前往各地古董市场的朋友。他在得知下入佐在仓库里被人刺杀的消息后说道："听到这件事，我表示非常遗憾。"接着低下头露出了沉闷的表情。不一会儿他又抬起头，向二位刑警打听道："对了，那个萨摩切子之罐还好吗？"

"萨摩切子……"

丽子鹦鹉学舌般重复了这个词，她身旁的若宫刑警则露出了疑惑的神情。

"什么？萨摩切子……这个人是谁啊？"

片刻间，丽子才反应过来——爱里，萨摩切子可不是某个女性的名字！那可是鹿儿岛流传下来的玻璃工艺！

面对后辈的天真,丽子板起了脸。而眼前的竹泽则苦笑道:"那是一个罐子,玻璃罐子,但绝非一般的罐子。下入佐将其视作重要的传家宝。据说他的老家在鹿儿岛,那个罐子是他家世代相传的东西。"

"原来如此。那座仓库里原来还有这么一个宝贝啊。虽说目前还不清楚被盗的具体情况,但这个东西极有可能被人偷走了。话说回来,我们今天来是想了解下入佐的人际关系。"

丽子切入主题后,竹泽向她们介绍了二十多个与被害人相识的人。不过这里面并没有出现"中田"这个姓氏。然而,就在谈及被害人经常光顾的店铺时,竹泽的口中出现了一家名为"中田古董店"的店,这个店名引起了丽子二人的注意。

丽子将身子向前探去并说道:"您是说'中田古董店'吗?是中间的那个'中'字以及农田的那个'田'字吗?"

"是的,就是这两个字。"竹泽眨着眼睛,像是在问——这个很重要吗?

丽子趁势追问道:"那么,这家店的店主,就是中田先生了?"

"嗯,当然了。他叫中田雄一郎,大约四十岁出头。他和他的父亲两代人都是古董商人。他对那个萨摩切子之罐可是非常迷恋的。话说回来,前几天还发生过这么一件事,我本想瞥一眼他的店里有没有什么自己感兴趣的东西,结果从店里听到了下入佐的声音……"

竹泽将自己去中田古董店时偶然目击到的情景讲述给了两位刑警听。

据竹泽所讲，在店里说话的人是身为店主的中田雄一郎以及客人下入佐胜。交谈的内容和萨摩切子之罐有关。那位店主好像在恳求下入佐将罐子卖给他，但下入佐拒绝了他。店主说出了一个相当不错的价格，想要试探下入佐，但下入佐的态度很坚决，就是不卖。即便如此，中田还是不肯罢休，面对这样一个人，下入佐最后大发雷霆。他气冲冲地离开座位，不顾中田的央求，迅速从店里走了出来。

"我在他出门的一刹那躲进了暗处，下入佐做得确实有些过分，被他甩在身后的店主露出了相当不甘心的表情。当然，我并不认为这个店主为了得到罐子，会偷偷潜入到仓库里。"

"嗯，当然了！您现在说的这些话，仅供我们参考。"

丽子顺着对方的话进行回复。虽然丽子说出了相当慎重的话，但她在心里已经对中田雄一郎留下了难以抹去的怀疑态度。丽子迅速结束了与竹泽的会面，道完谢后她们便离开了竹泽的家。丽子再次坐上小型巡逻车的副驾驶座位，对握住方向盘的后辈发出指示："若宫刑警，咱们现在回下入佐的家，希望你能够安全驾驶！"

"好的！"若宫刑警悠哉地回应，然后不要命般地猛踩油门。

看上去很可爱的小型巡逻车就跟一头狰狞的野猪一样极速冲刺。丽子感觉自己坐上了发射的火箭，在左右摇摆中返回案发现场。

如此车技下，丽子她们所乘坐的小型巡逻车总算平安回到下入佐家。丽子一下车,就将调查成果迅速报告给风祭警部。听到这些后,警部便手舞足蹈地说道:"干得漂亮,宝生君,"然后他未经思考便断言,"凶手必定是这个叫中田雄一郎的男人。"

看到自己上司这个样子,丽子原有的信心反倒有所动摇。

"不是,那个,请等一下,警部。我确实觉得那个叫中田雄一郎的家伙有些奇怪。尽管如此,仅凭'中田'这个姓氏,还不足以断定他就是嫌疑人吧。死亡留言这种东西根本靠不住,更何况密室之谜不是还没解开吗?在一个从内部上锁的仓库中,中田雄一郎究竟是如何将下入佐杀害的呢?除非解开这个谜团,否则我们无法将他视作凶手……"

"啊,确实如此,必须先将这个谜团解开才行。"

警部用意味深长的口吻说出了这句话。面对看上去很有自信的警部,丽子纳闷地发出了一声:"啊?"

警部用拇指指着自己的白色西装胸口:"喂喂、宝生君,难不成你以为我在你们出去的这段时间,就只是在这里望着五月的天空发呆吗?"

——虽说我没这么想,可这样想有错吗?

风祭警部在愈发纳闷的丽子面前骄傲地昂首挺胸。

"刚才目送你们离开的时候,我就说过,我会解开这个密室之谜。所以,在你们不在的这段时间,我全速转动自己的脑子,然后便产生了一个极其重要的想法。宝生君,还有若宫君,你们应该感到高兴才是!仓库密室之谜,已经被我完美破解了。如今谜团已经解开,真相就像天空中灿烂的太阳一般清晰可见!"

风祭警部如此说道，此时的他犹如舞台上的艺人一般，夸张地张开双手，仰望天空。就在这时，天空像是在有意配合他一样，原本闪烁着灿烂光芒的太阳，瞬间被流动的浮云所覆盖。天空转眼间就变得阴气沉沉。

依旧张开双手的风祭警部变得闷闷不乐。

若宫刑警则用不过脑子的声音说道："警部——好像要下雨了……"

还没有听到警部的推理，丽子就开始隐隐担心了。

5

"就是这里！宝生君你看这里，还有若宫君！"

风祭警部情绪高涨的声音贯穿了本就不高的顶棚，他们现在所在的地方是下入佐家的车库。这起事件的被害人下入佐胜，在他还从事农业工作时，曾将这个木质建筑当作储藏室使用。现在这里停着一辆黑色轿车，其实再往里面停两三辆汽车也是绰绰有余的。虽然这里曾经被当作储藏室，但那种闭合式的卷帘门早已没了踪影，他们脚下是一片裸露的地面。警部站在车库的一个角落，用手指着地面并问部下：

"你们觉得这是什么？"

宝生丽子弯下腰，端详起上司用手指着的地面。若宫爱里刑警也从丽子身旁探出脑袋。一些红黑色的斑点出现在二人眼前。在褐色的地面上，有着一连串不规律的，像是水珠模样的圆点。

"这、这些是什么啊？"——爱里，快回答啊！

丽子不想回答，于是用肘部戳了戳后辈刑警的侧腹。若宫刑警并没有故意装傻，而是摆出了极其认真的表情，纳闷地说道："唔——这是什么啊？前辈，你知道吗？"移交出去的回答权被若宫轻易地还给了丽子。

"唉。"丽子发出一声叹息，然后极其简单地回复道，"这是人的血吗？"

"宾果[①]！"这个表示回答正确的声音，不断从风祭警部的口中发出。他看上去很满意："回答得不错，不愧是宝生君！"

没有没有，这种事情谁都能想得到！而爱里能对这种事纳闷，实在是不可思议。还有，风祭警部，在搜查现场说"宾果"，可是不谨慎的行为啊。又不是电视上的竞猜节目——啊，真是够了！不论上司还是后辈，莫名其妙的地方真是太多了。对于一本正经的自己而言，应付这些事可是很累人的！

丽子发泄完内心的不满后，又重新聊到血迹的问题上："这应该就是被害人的血吧？可为什么车库里会出现被害人的血迹呢？"

丽子提出了一个理所当然的问题，警部也理所当然地回答了这个问题。

"宝生君，因为这里才是真正的遇害现场。"

"什么，这里是遇害现场？也就是说，下入佐并不是在仓库中被刺杀的，而是在我们现在所在的这个地方？"如果真是这样的话，那么警部刚才的"宾果"，就更算是需要被指责的不谨慎的行

---

① 答对了的意思。

为了。不过姑且先不说他的事——"不对不对，应该不是这里吧？警部不是也见过那个满是血迹的仓库？不论怎么看，被害人都应该是在那里被刺杀的。"

"你是这样想的啊。也难怪你会陷入这种肤浅的想法中。"

你说谁想法肤浅啊！说谁呢！这种话谁说都可以，唯独风祭警部不能说！

警部完全忽视对自己怒目而视的丽子，继续优哉游哉地说道："这间犹如储藏室般的车库乍一看的确不会令人觉得这里是杀人现场。然而，虽说现场痕迹很少吧，但在这个地方确实残留着血迹。另一方面，被视作杀人现场的仓库，那里唯一的大门被人从内部用门闩锁上了，可以说是一间密室。对于这些矛盾的情况，到底有没有合理的解释呢？我觉得有，那就是……"

"啊，我明白了！这是个'内出血密室'！"

冷不丁地传来了新人刑警那稚嫩的声音。被抢走台词的风祭警部，瞬间便说不出话了。丽子目瞪口呆地凝视着后辈刑警的侧脸。

——爱里，你这样做可是不行的！抢夺上司风头的行为，可是盗窃罪啊！

丽子用视线提醒后辈。其实从一开始，丽子的脑海里就想到过"内出血密室"这个词。但为了照顾警部的情绪，她只好强忍着不将这个词说出口。现在既然出现了这种局面，那就没办法了。在警部彻底没面子之前，只能装作什么都不懂的样子了。瞬间想好办法的丽子说道："内出血密室……是什么？"她犹如刚接触到日语的外国人一样僵硬地说出这句话，使劲歪着头思考，"警部，这究竟是什么啊？到底是什么意思啊？"

"什么？前辈，你居然不知道吗？内出血密室其实就是……"

——爱里，我知道！你快给我闭嘴吧！

丽子用力拍打着若宫刑警的肩膀，以此来代替对她的怒吼。然后，这个天真的后辈总算看懂了此时的氛围以及前辈严肃的神情，慌忙闭上了嘴巴。

风祭警部也总算能开口讲话了："要说明内出血密室还真有点难度。我干脆在这里给你们现场演示一遍吧。喂，若宫君！你拿着小刀来袭击我。"

"什么，让我拿刀吗？"若宫刑警困惑地环视四周并说道，"那个……很不巧，现在没有带刀……"

"不用真家伙也可以！用真刀反而会麻烦。反正你能刺过来就够了！"

"我知道了，那么……"若宫刑警说着，将双手拼成刀子的样子，随后不知为何说出了古装剧的台词："风祭警部，纳命来吧！"然后径直撞向警部。

"啊啊啊啊——"

接着，被刺中的警部发出了夸张的呻吟声。宛如被刀深深刺中的警部，一边用双手盖住侧腹，一边用尽全力即兴表演着："混、混蛋。你这家伙知不知道，我可是原警视厅本厅搜查一课——现国立署刑事课的风祭。"

——这两个人在干什么啊？是不是玩得有些过头了？

面对吃惊的丽子，风祭警部探出身体，喘着粗气问道：

"宝生君……这回明白了吗？现在我的侧腹被小、小刀给深深地刺中了……尽管如此，也几乎见不到我出血……你、你觉得这是为什么……"

"你问我这是为什么？那是因为你是被空气匕首给刺伤的。"丽子丝毫不留情面，直截了当地回答了这个问题。

"不是的！"警部不满地喊道，然后很正经地进行了解释，"听好了，宝生君。不出血的原因是刀身连同刀柄刺入了体内，这种情况下，刀便起到了塞子般的作用。当然了，人的体内也会因此产生很严重的内出血，但血不会往外流。其结果就是，被害人虽然身负重伤，但还能勉强行动。就是这么一回事。"

"原来如此。不过身负重伤的被害人为何要行动呢？"

"下入佐一定是想躲过凶手的袭击。他肯定是捂着侧腹，摇摇晃晃地从车库跑了出去。"

说到这里，风祭警部像是中刀了那样，摇摇晃晃地跑了出去。刹那间，丽子与后辈四目相对，然后默默跟在上司身后。警部从车库出来后，喘着粗气的他摇摇晃晃地奔跑。他露出了痛苦的神情，跑起来就跟不要命似的。警部的演技实在是太逼真了。

——不过，警部啊。现在真的有必要这样表演吗？

虽说丽子对此有很大的疑问，但她现在不得不配合上司的表演。

不一会儿，警部终于挣扎着走到了仓库前面。

"这里便是被刺伤的下入佐在当时选择的避难场所。"

警部说完这话后，就用身体推开入口处的门，朝里面走了进去。两位部下当然也跟着上司进去了。接着她们便看着警部将门关上，然后从内部把门闩挂上。可实际上，由于当作门闩的木棍被折断，现在已经没有那个东西了，所以此时的场面其实就是一出哑剧。

做完这一切的警部，转头看向丽子。

"被害人就是这样将仓库唯一的门从内部锁上的。如此一来凶手就无法进来了。从下入佐的角度出发，只要能躲进仓库，就能保住自己的性命。可实际上，他想得太天真了。由于身负重伤，再加上耗尽体力逃到仓库里，下入佐最终还是迎来了生命的极限……"

警部继续饰演起迎来生命极限的被害人，步履蹒跚地移动到仓库的中央。在地板上，有用来表示尸体位置的白色胶带。警部模仿着人形轮廓，打算就这样倒在地上，可就在他快要倒下的时候，或许是想到了"躺在这种地方的话，自己引以为傲的衬衫就会被血弄脏"，于是他急忙离开这个位置，走到其他地方，筋疲力尽般倒在地上。警部保持着这个姿势继续进行说明。

"被害人就是以这种状态倒在了地上。插在他侧腹上的刀便受到新的冲击。原本刀起到了塞子的作用，可这一次反倒将伤口弄破了。结果引发出血，他无法得到救助，知道自己死期将至的下入佐，在这里用尽最后的力气，用流出的血当作墨水，在地板上留下了血字，也就是中田二字……接、接着，在写完死、死亡留言后……下、下入佐便……咽气了。"

从始至终扮演着被害人的风祭警部，在说出"咽气"的时候，结束了他那来自灵魂深处的热情演绎。然后他微微睁开一只眼睛，注视起两位观众，第一时间询问起她们的感受。

"你们两个觉得我的推理如何？是不是很有说服力？"

"嗯，确实很有说服力，"可丽子觉得这种说服力，有一半是警部用夸张的演技强行营造出来的，不过这种事无所谓了，"仓库的确变成了一个完美的密室，被害人大出血的痕迹也留在了这里。警部的推理，将现场难以理解的情况，'合理'地解释清楚了。我说得对吧，若宫刑警？"

"真是太厉害了，这种表演能力太惊人了，警部简直就像专业演员一样！"

为什么若宫刑警赞叹的不是上司的推理，而是他的演技呢？

然而，这种错误的赞美之声，却意外打动了风祭警部的内心。他高兴地站起身来，用双手掸着西服上的灰尘说道：

"我有段时间曾非常痛苦。自己到底是成为警察好呢，还是向演员之路迈进好呢？我听身边的朋友说'风祭长得这么帅，还是去当演员吧'。虽然他们这样说，但我与那浮躁的演艺圈压根就合不来。不过，假如我真的朝那条路发展了，估计我主演的《刑警风祭》应该会出现在大银幕上吧……嗯，这可真是个意外且出色的电影名字啊，《刑警风祭》……不对，还是叫《警部风祭》好。或者叫《特命刑警风祭》也不错……"

"警部，你在说什么啊！请快点回到现实里吧……"丽子如此大喊道。

风祭警部露出惊讶的表情,并立刻回到了现实:"啊,抱歉抱歉。"

然后用一只手驱散着方才的妄想。接着,警部总算当着两名部下的面,说出了自己的结论。

"总而言之,这个仓库密室其实就是非常古典的'内出血密室',关于这一点我刚才已经做了简单的说明,那么密室之谜就不再是个问题,因此古董店店主中田雄一郎杀害下入佐便有充分的可能性了。我说得对吧,宝生君?"

面对上司相当自信的言论,丽子只得点头同意。

6

风祭警部要求中田雄一郎立刻进行协助调查。虽然将其带到了国立署进行审讯,但效果却不佳。中田坚决否认自己的嫌疑。

"或许,他并不是真正的凶手……"

夜深了。当宝生丽子从审讯室繁重的工作中解脱出来,好不容易走出国立署时,不由自主地说出了心里话。走在她身边的若宫爱里很意外地看向丽子。

"前辈,你为什么会这么想?那个男人的态度不是明摆着很可疑吗?而且不知为何,总觉得他在蔑视咱们!"

——不是咱们,主要是你,爱里!

不过,这种事无所谓了。走在人行道上的丽子,抬头仰望着宽阔的国立市夜空,说出了内心深处的烦恼:"风祭警部好像很确信中田就是这起案子的真凶,然而我总觉得哪里出了问题。怎么说好呢，总觉得这件事没那么简单……"

"虽说这件事我也有点在意，不过……哇！"若宫爱里突然发疯似的叫了一嗓子。正抬头望向夜空的丽子，慌张地将视线转向后辈。

"怎么了，爱里——难不成有幽灵、流氓，还是说有风祭警部？"

"不是的！"爱里边笑边指向停靠在前方路旁的一辆车，"前辈，请看那里。那可是有钱人乘坐的豪华轿车啊，好大一辆啊！这可相当于三辆小型巡逻车啊。这是谁家的车呢？"

说完这些话的爱里，就像被磁铁吸引的金属一样，笔直地朝那辆豪华轿车走去。丽子慌张地从她背后呼喊道："啊，爱里，不可以这样啊！我的……不是，不能擅自偷窥别人家的车。那个，你好好想一下！万一车里头坐着一个恐怖的男人，结果会怎样？会很难处理吧？"

"那个，你冷静点。再怎么说，咱们可都是警察！"

"你说得对，可是……"爱里，你能稍微有点眼力吗？

虽说丽子拼命用眼神在警告爱里，但是爱里并没有注意到这些，反而双眼充满好奇地看向豪华轿车的驾驶座。丽子将自己当成了一堵墙，挡在了后辈的面前。平日里看上去很文静的爱里，竟然用无法想象的敏捷动作，躲过了丽子的防守。双方毫无进展的攻防持续了一段时间后，不知爱里想到了什么，突然流露出了笑容。然后就像什么事都没有发生过一样，继续朝前方的人行道走去。

松了一口气的丽子说道："太好了，你总算死心了。"

"没有，我清楚地看到了驾驶座上的人……"

"是、是吗？"丽子掩盖住内心的不安，"是怎样的一个人呢？"

"就像前辈说的那样，是个穿着黑色衣服的恐怖男人，"爱里小声对丽子耳语道，"这个人一定是在等待比他更加恐怖的头目。"

"应、应该不会吧？"丽子露出生硬的微笑，"说不定，他是在等待某个超级可爱又有钱的大小姐呢……"

过了不到一分钟，丽子便停下脚步拍手说道：

"对了，爱里，我想起自己还有事，不好意思我就先走了……什么，约会？胡、胡说些什么啊，怎么可能是去约会啊……真的不是去约会……你真的想错了……不不不，你就是想错了，想错了！啊，够了，这些都不重要了！你要是有事的话，就快点说啦。"

这位后辈平日里看上去没心没肺的，可一到这种时候，就会展现出犹如老练刑警般追查真凶的执着。总算将爱里赶走了，丽子这才松了口气。她快步返回原先走过的那条路，朝刚才的那辆豪华轿车走去。

就像专门等待这一刻到来一样，驾驶座的车门被打开了。车内走出一位戴着眼镜，身穿深色西装的男人，也就是影山。他为丽子打开后座的车门，深鞠一躬道：

"大小姐，我在这里恭候多时了。"

"谢了。让你浪费时间等了半天。"回复完的丽子，优雅地坐进了豪华轿车的后座，朝影山微微一笑，"你在爱里眼里，可是个'恐怖男人'噢。"

"什么，我……在爱里眼中……"影山用手指推了推眼镜架，瞬间露出了不明所以的表情。随后立刻将目光投向人行道："啊，刚才那位喝醉的女性，就是新来的若宫刑警了。原来如此，原来是这个样子啊。"

——不，她并没有喝醉！

丽子暗地里发出苦笑，爱里看上去确实像喝醉了。站在一旁的影山毕恭毕敬地将后座的车门关上后，立即返回到驾驶座上。

毫不知情的若宫爱里的判断完全错了，这并不是恐怖头目的豪华轿车，而是宝生财团的统帅、宝生清太郎的独生女、超级可爱又有钱的丽子的专车。而这位身穿黑色衣服、负责开车的男人影山，既不是黑社会的人也不是被雇来的保镖。他是高贵的宝生家的用人，准确来说，是司机兼管家。

不晓得影山知不知道这辆豪华轿车有三辆小型巡逻车的长度，不管怎样，他熟练地开着这辆车出发了。

坐在后座的丽子，迅速摘掉工作用的平光眼镜，松开绑在头上的土气辫子。虽说她还穿着朴素的制服，但心情已切换到大小姐模式。毕竟这里既没有碍眼的上司，也没有过于天真的后辈。完全解放的丽子对开车的管家命令道：

"影山，顺着这条路随意开吧。我有些事需要想一下。"

"遵命。"影山冷静地回答道，然后将车朝多摩川方向驶去。

丽子一边望向窗外闪过的夜景，一边尝试着重新思考案件。

但老实讲，她也不知道该想些什么。说起来，这起案件的核心是什么呢？果然还是那个密室？不过，这个谜题已经被解开了。那么，是那个死亡留言？那个留言摆明了是在针对中田雄一郎。虽然已经可以得出结论，但不知为何，丽子就是无法认同这一切。

影山担心着无精打采的大小姐，加上他又无法压抑那看热闹的本性，于是这位手握方向盘的管家缓缓地开口问道：

"大小姐，您怎么了？难不成是搜查没有进展？这次的案件，是又有难解之谜了吗？"

"不，并不是什么难解之谜。虽说是一起密室杀人案，但谜题比较简单，是一个十分平凡的真相。风祭警部仅用半天就将其破解了。然而我却有些担心，不知是因为太好解释了，还是因为太好理解了……"

"是觉得有些地方不自然吗？"

"嗯，确实，这种感觉就像是走进了某人事先写好的巧妙情节中一样。关于这一点，只有我感受到了，风祭警部对此没有丝毫怀疑，爱里也是如此……"

"如果可以的话，能否请大小姐将这个简单且平凡的密室杀人案，详细地说给我听听？或许在叙述的时候，会有什么新的发现。"

的确很可能有新的发现。影山虽说是宝山家的用人，但有着凌驾于专业刑警的推理能力。随之而来的是，丽子也经常遭受影山不讲理的羞辱。所以丽子的真心想法是尽可能不借助这个男人的力量，自己解决。

不知该如何选择的丽子，发出了轻轻的叹息声。她像是在展示大小姐的威严一样，用尖锐的口吻一口气说道："我知道了。既然你这么说了，那我就说给你听听吧。但你不要会错意了。只是因为你想听，我才跟你讲的。像是找你求助啦、让你帮忙解开谜团啦、找出凶手之类的事，我可是完全没有想过的！"

丽子嘴上如此强硬，但事实正好相反。管家其实非常清楚丽子在期盼着什么。这个证据就是，通过后视镜能够看到影山从容的笑容。脸一直朝着前方的影山低声说道：

"大小姐，请您放心地讲出来吧。我只是对案子好奇，绝对不会协助您，也不会去解谜，更不会告诉您凶手是谁……"

——不是不是，那我说这些话不就完全没有意义了吗？

丽子一边在心中吐槽，一边将案件的详细经过说给影山听。

7

当宝生丽子将这个案件大致说完后，影山并没有说出自己的想法。

正如刚才说的那样，他既没有尝试解开谜团，也没有说出嫌疑人是谁。不对，莫非他确实没有破解谜团，也不知道凶手是谁？或许风祭警部的推理才是唯一正确的答案，没有画蛇添足的必要了。

最终的结果是，没有发现什么新的思路。二人就这样乘坐豪华轿车回到了宝生家的豪宅，丽子沮丧地走下车，回到了自己的房间。

丽子脱下死板的西装，洗了个热水澡，然后穿上了公主般的粉色裙子——不如喝杯酒？

正这么想的丽子刚走进客厅，突然……

"不不不、不得了了！大小姐！"

身穿黑色制服的管家，脸色十分难看地冲进了房间里。刚才那个沉着冷静的影山，难不成落在豪华轿车上了？只见他的神情非常慌张，嘴唇也在颤抖。

"老、老爷……清太郎老爷他……"

"怎、怎么了，影山？父亲大人他怎么了？"

"发生了很严重的事情……总、总之请您立刻过来。"

影山还没有说清重点，就抓起丽子的手腕，用力将她拽出房间。虽说不是很清楚，但肯定是父亲的身体出了什么问题。丽子这样想着，一言不发地跟随影山。身着黑色制服的管家，快步进入走廊，然后快速跑下楼梯，从玄关冲到屋外，走进宽阔的庭院，不一会儿便看到角落里有间木制小屋。

——啊，我家的庭院里还有这么一个小屋吗？我完全不知道啊！

面对突然出现的小屋，丽子难以掩盖自己的震惊。影山随即对丽子解释："曾经有段时间老爷热衷园艺，为了静下心来摆弄，所以造了这个园艺小屋。当老爷的园艺热情散去后，这间小屋就一直闲置到现在。"

"嗯，这的确是父亲的风格……"丽子小声嘟囔道，然后望向眼前的小屋。玻璃窗上镶嵌着铁制防护栏，窗帘也拉得很紧，而且屋内好像没有灯："这间小屋怎么了？父亲人在哪里？"

面对丽子的质问，管家一脸严肃地说道：

"老爷身负重伤，在这间小屋中奄奄一息，侧腹插着一把匕首……"

原来如此，原来是这么一回事啊……

丽子突然明白了这场骚动的目的。她松了一口气，但又非常纳闷："究竟是从什么时候开始，我身边的男人都这么爱演戏了？你们就不能稍微正常一点吗？"

"演戏？您为什么会这样说？"疑惑不解的影山用手指推了推眼镜。他走到园艺小屋的入口处，止步于木质房门前。门上有一个金属制的门把手，门把手下方能见到锁孔。影山转动门把手，露出了非常刻意的表情，他夸张地朝丽子喊道："大小姐，不得了了！这间小屋唯一的出入口，应该是被锁上了，这样就无法进去了。"

"哦，这样啊。"如果这起事件是为了情景重现，那么门自然是打不开的——丽子在心中嘟囔着，但还是查看了一下门的状态。她向下拉动门把手，可不论推门还是拽门，都纹丝不动："确实是被锁上了，和下入佐家的仓库是同样的状态。"

"没有错。"影山点头示意，丽子的回答正中他的下怀。下一个瞬间，他面朝丽子，缓慢地发出指令——影山既是管家又是用人，本应该是大小姐对他发号施令才对——但这件事却被影山厚颜无耻地执行了："大小姐，您赶紧回屋将备用钥匙拿过来吧。"

"什么？为什么你在指挥我做事？这难道不是你的工作吗？你

去把钥匙给我拿过来。"

"您说得对,可那样的话意思就不一样了。所以我希望您能按照我的意思行动,请将备用钥匙拿到这里。"

影山应该是想让自己扮演发现尸体时的田口鲇美吧。

清楚明白了怎么一回事的丽子,只得按照管家的指令去行事。

"我知道了,我这就去把备用钥匙拿过来。对了,备用钥匙放在哪里了?"

"备用钥匙都放在我房间入口处的右边……"

——所以我说了,还是你去拿吧!

虽然心里不舒服,丽子还是去拿了。备用钥匙确实都如影山所说放在那里。丽子手中的钥匙串发出声响,她再次回到小屋。身穿黑色制服的管家等得有些不耐烦了。他倚靠在小屋的外墙上,心不在焉地望着国立市夜空中的月亮。就他这个状态,一点也不像"老爷奄奄一息"的样子。

丽子跑到影山的身边说道:"给你,我取过来了。"然后将钥匙串交给他。

影山再度切换回剧团演员模式,向丽子表示感谢。

"大小姐,非常感谢。这样老爷就有救了。"

——不,如果这是真实事件的话,人应该早就死了。

影山全然不顾丽子尴尬的神情,继续保持着严肃的状态。影山从钥匙串中一眼就找到了那把备用钥匙,然后将钥匙插进门上的锁孔。钥匙在锁里转动一圈时发出了咔咔的金属声响。影山拔出钥匙,转动门把手用力推门,然而……

"大小姐，钥匙没有用！门打不开！虽然锁打开了，但门就是打不开。"

"真的吗？"半信半疑的丽子亲自握住门把手，尝试将门打开。然而正如影山所说的那样，门无法被打开："这到底是怎么一回事？难不成门从内部挂上门闩了？"

"有这种可能。"说完这话的影山再次将钥匙插进锁孔，在转动两三圈后尝试推门。即便如此门也没有被打开，影山看向丽子摇头说道："果然试多少次都没有用，看来门的确被人从里面用门闩锁上了。"

"是的。"如果真是这样，这人是如何将门闩挂上的？难不成父亲大人真的在小屋里？他也友情客串了这出闹剧？

各种疑问在丽子的脑中盘旋。影山与门已经保持了一段距离，他犹如摆好架势的相扑选手般弯着腰，就这样瞪着眼前的门。

丽子恍然大悟："等、等一下。影山你难不成……"

——他难不成要用身体撞开这个门？这绝对会受伤的！

还没等丽子喊住影山，这位勇敢的管家果然用身体撞向了门。

"没、没事吧，影山？"

丽子走进小屋，用手在入口附近的墙壁进行摸索，在找到开关后，狭窄的小屋立刻被荧光灯的光亮所填满。

"没事的……没什么问题……"

虽说管家笑着回答了丽子，但他的大背头已然凌乱，那副充满智慧的眼镜，以引人发笑的样子倾斜在他的鼻梁上。影山将眼镜推回原来的位置，像是在寻找什么似的左右张望。在下一个瞬间:"啊啊啊,老爷!"

影山大叫着,不知为何居然张开双手,将倒在地上的玩偶熊抱了起来。然后他将耳朵贴在玩偶的左胸处,确认熊的心跳。不一会儿,影山抬起头,露出惊愕的神情说道:"不行了……已经死了……"

——不,这玩意儿又不是生物!分明就是玩偶!

丽子对正在热情表演的管家投以冰冷的眼神。

"我已经知道了,你这是在重现下入佐家仓库发现尸体的场景。"

"您说得对。"影山就像突然从睡梦中苏醒一般站起身来,将手中的玩偶熊扔在地上,向丽子说明真相:"去世的人是下入佐胜,不是宝生清太郎老爷。"

"听到这个,我就放心了。"

丽子讥讽地说道,然后朝被打开的门走去。她环视四周,在距离门稍远处的地板上,滚落着一根用来充当门闩的木棍。木棍从中间断裂,和仓库的那根完全一致。

丽子用手捡起折断的木棍。在拿给管家看的时候,将之前的疑问全都说了出来。

"我说,影山。你究竟是怎样从内部将这个门闩挂上的?这里的窗户都装有防护栏,根本无法进入小屋。"

身穿黑色制服的管家优雅地走到丽子面前,用手将眼镜向上推了推,凑近她的脸说道:

"那个,大小姐,莫非您在走神?难不成——您那美丽的双眸是萨摩切子般的工艺品？"

丽子瞬间露出了愤怒的表情。她用力咬住牙齿，瞪着眼前的管家，然后忍无可忍地怒吼道："你在说些什么？我、我的眼睛是玻璃工艺品……那个……那个……啊？难道这是赞美之词？你是在赞美我？"

摸不着头脑的丽子用手指向自己。影山将手放在自己胸前，露出优雅的笑容说道：

"当然，这是我的绝赞！这明显是在还原尸体被发现时的场景，然而大小姐却没有发现不协调的地方。不知道大小姐刚才是在走神呢，还是说压根就是个睁眼瞎呢……"

"你果然是在损我！"丽子确信自己这次又被当成白痴了，她再次感到愤怒，"睁眼瞎？你在说什么啊！我分明在好好看着！我没有走神！"

"此话当真？"

"嗯，当真，我并没有四处乱看。我为了弄清状况，亲自推了门，门确实被锁上了。而且内部也用门闩……"说到这里，丽子突然感到一阵不安，她再次看向影山，"难不成，我错了？"

"是的，非常可惜，错得很严重。"

影山慢悠悠地将摆摆头，再次将丽子带到小屋的外面，然后用手重新指向木质大门："一开始，大小姐来到这里的时候，这扇门是锁着的吧？"

"嗯，没错。最开始这扇门是打不开的。"

"不过打不开的门，不一定就是上锁了。"影山说完这话，便从黑色制服的口袋里掏出一个不知为何物的褐色物体，丽子惊讶地凝视着。

"这就是个橡胶制的薄片。用这个橡胶制的物体，强行缩小门与门框之间的距离，门就无法正常开关了。请看，就像这个样子。"

影山将手伸到半开着的门的上部，将橡胶片塞进门与门框之间。然后他一用力，门就被关上了，不论丽子怎样用力去推，门都纹丝不动。丽子似乎明白了，她点了点头。

"也就是说，一见到门呈现出这种状态，我就贸然断定门被上了锁。换句话说……"如果正如影山说的那样，这是再现了尸体被发现时的场景，"田口鲇美在发现尸体的时候，和我现在是一样的？"

"对，"影山慢慢地点头道，"我对大小姐强行下达命令，让您取来备用钥匙——然后大小姐毫不犹豫地回到房间取来了钥匙。"

"虽说我勉强听了你的话，不过田口鲇美应该会毫不犹豫地去取钥匙。话说回来，虽说鲇美是下人佐家的女儿，但事实上她也不太清楚备用钥匙具体放在什么地方。圆山慎介就是清楚这一点，才对鲇美下达了指示。鲇美自然会听他的话，朝主屋跑去。那么，独自一人的圆山会干些什么呢？"

现在的状况已经与丽子、影山无关了，而是变成了发现尸体时田口鲇美与圆山慎介的故事。影山表演起圆山当时的样子，并对丽子解释道：

"独自一人的圆山用力推开门后，将橡胶制的东西移除，就像我这样，再将它放进衣服口袋里，或者是将其放进仓库中某个不值钱的容器中。总之，在将证据藏起来后，他重新将门正常地关上，一动不动地等待田口鲇美回来。"

"那个时候，门没有被锁上吧？"

"是的，完全没有被锁上。这时拿着备用钥匙的鲇美回来了。圆山从鲇美手中接过备用钥匙，将其插入锁孔，快速旋转钥匙把门锁打开——看上去虽然是这个样子，实际上却截然相反。他转动钥匙，其实是将案发现场的门首次锁上。"

"只要门被锁上了，不论怎么推也推不开。"

"面对那扇无法打开的门，圆山恐怕是这样说的吧：'门里面肯定有门闩。'听到这句话的鲇美便亲自去确认门是否被锁上，然后就会相信圆山的话。就像刚才大小姐对我的谎话深信不疑一样。"

"谎言，你是说……"你这分明是在自欺欺人！丽子表现出不满，可自己确实被他的谎言欺骗了，所以并没有加以指责。与之相比，解开谜团更加重要："总而言之，门只是被锁上了，并不是因为门闩才打不开的。可尽管如此，圆山还是用巧妙的演技让鲇美相信内部挂上了门闩。就是这么一回事吧？"

"您说得不错，这一切都是圆山设置的陷阱。"

"然后呢？接下来圆山是如何行动的？"

"大小姐，"影山将试探性的眼神投向丽子，"如果大小姐刚才果真没有走神的话，应该注意到了我在行动中发出的暗示……"

说到这里，丽子开始不断回忆。面对使用钥匙都打不开的门，影山究竟是怎么做到的？话说回来，他曾把备用钥匙再次插进锁孔里，然后又将钥匙转动了两三下，还煞有介事地说'果然转几次都没用……'。当时看来，那确实是很自然的举动。可现在一想，他的行为的确有些可疑。丽子打了一个响指说道：

"我知道了，那个时候你假装门无法被打开所以转了几圈钥匙，可实际上，你是在悄悄开锁。"

"没错，正如您说的那样。圆山在发现尸体的时候应该也做了同样的举动。当然了，他本人应该没有在警察面前说过这件事吧？"

"田口鲇美的证词也一样，她好像也把这句话省略了。说起来她好像总是说不到重点上。"

"也有这种可能。或许从鲇美的角度出发，圆山的行为并不怎么重要，鲇美觉得他只是单纯在对门进行确认。如果是这样的话，她在面对警察时就会将这种事省略掉，所以这并不是什么奇怪的举动。"

"确实是这样，"对于事件的目击者而言，没有办法将目击到的一切全部准确地告诉给警方，"知道了，回头我会向鲇美本人确认。然后呢？"

面对催促着进一步说明的丽子，影山冷静地继续说道：

"之后的事，大小姐应该心里有数了吧？圆山用自己的身体撞向了那个既没有上锁也没有挂门闩的门。其实最初的那一撞，门就已经被撞开了，圆山还因此滚到了屋内。当时，被撞开的门旁掉落着折断的门闩，见到这个的鲇美，自然会以为它是被圆山撞断的。但实际上，这个东西应该是在更早之前，恐怕是在前一天夜里，被圆山故意扔在现场的。"

"前一天夜里……也就是下入佐被某人杀害的那天夜里……"

而那个人的真实身份，现在已然清楚了。

丽子意味深长地点着头，身着黑色制服的管家将手置于胸前，对她毕恭毕敬地低下了头。

8

园艺小屋前的对话告一段落，宝生丽子与影山一同回到了屋内。

丽子踏实地坐在宽敞客厅的豪华沙发上，随后影山迅速拿出特意为她准备的高级红酒。丽子一边拿着红酒杯，一边重新回味影山先前的推理。

按照影山的推理，杀害下入佐胜的罪魁祸首就是圆山慎介。而且他还在犯下杀人案的第二天早上，伪装成第一发现人，巧妙地控制了田口鲇美的想法和行动。他让鲇美坚信，仓库就是一间密室。

确实，按照影山的表演，圆山确实有犯罪的可能性。但丽子还是有不明白的地方。

丽子捋清自己的思路后说道：

"圆山慎介的夫人是下入佐的长女。所以从遗产继承的角度出发，下入佐一死，圆山就会成为受益人，这样也就解释了他的犯罪动机。"

"恐怕就是这么一回事，"影山点着头，开始解释案件发生的经过，"行凶当晚，原本就抱有杀意的圆山，应该是偷偷带着刀子前往下入佐家中，然后他说出了'让我看看你引以为傲的藏品'之类的话，巧妙地诱导对方将仓库的门打开。在门被打开后不久，圆山就趁机将刀子刺进下入佐的侧腹，很快下入佐便大出血了。"

"这并不是所谓的内出血，而是被害人因刀伤而产生的普通出血，"自言自语的丽子继续说道，"然后圆山做了什么？啊，没错，他要将这个案子伪装成盗窃杀人案，于是便在仓库中寻找，将仓库里最值钱的萨摩切子之罐拿了出来。随后圆山开始为第二天的密室做准备，他将门闩折断扔在地上，将某个橡胶制的东西夹在仓库的门上并用力固定好……嗯？"

丽子发现了问题，她紧皱眉头："等一下，为什么圆山要把仓库伪装成密室？他这样做的理由是什么？"

"大小姐，您提出了一个非常棒的问题，"影山露出笑容，无所顾忌地对丽子进行称赞，"通常凶手将现场伪装成密室，是为了让人相信躺在案发现场的尸体是自杀或意外死亡。"

"是的。不过这次在看到下入佐尸体的时候，谁也没有怀疑这是自杀还是事故。毕竟人们听到萨摩切子之罐被偷后，就不再关心究竟是自杀还是事故了。所以说，将仓库伪装成密室，完全没有意义啊……"

"大小姐您说得对。伪装成密室确实没有意义。但实际上，圆山的目的并不是为了将现场伪装成密室。"

"你这话是什么意思？"

"圆山伪装的其实不是密室,而是内出血密室。"

"不是密室……而是内出血密室……"

"是的。车库残留的血迹、仓库入口附近的血迹,以及我先前提到的被折断的门闩,这些全都是圆山一手捏造的假线索。其目的应该是诱导警方,让他们误将这起命案推理成内出血密室。以上便是我个人的愚见。"

"原、原来如此。也就是说,风祭警部的推理,其实正中犯人的下怀了。警部他——包括我和爱里——被圆山玩弄于股掌之间。"

实际上,丽子心中一直有这种想法,犹如走进了某人事先写好的情节一般。自己想的果然没有错。丽子一边这样想着,一边喝着玻璃杯中的红酒,然后继续纳闷地说道:

"不过我还是有点不明白。圆山为什么如此大费周章,非要将现场伪装成内出血密室呢?这样做对他有什么好处?"

"大小姐,这样做当然有好处了。因为那个死亡留言啊!"

影山兴奋地回答道。丽子搞不懂他为什么会如此兴奋。

"死亡留言?是'中田'二字吧。怎么了?如果圆山是真凶的话,那么血字肯定也是他捏造的了。"

"嗯,您说得对。圆山应该就是想把罪行嫁祸给经营古董店的中田雄一郎。估计圆山听说中田渴望得到那个罐子吧,所以才将萨摩切子之罐拿走,并在尸体旁边留下'中田'二字。相信大小姐也十分清楚,死亡留言总是避免不了被捏造或者篡改,所以作为证据,其价值并不太高。"

"是的，死亡留言确实如此。啊，对了！"丽子不禁在沙发上喊出声，她手中玻璃杯里的红色液体险些洒了出来，"所以才需要内出血密室！内出血密室是被害人本人将自己关进密室中，然后独自死去。所以在内出血密室中，凶手的死亡留言就无法进行捏造还有篡改……"

"不愧是大小姐，果真一眼就看出了端倪！"影山对丽子赞不绝口，然后一口气说道，"正如大小姐说的那样。内出血密室的场合下，被害人的死亡留言是改动不了的。这种情况下，死亡留言的可信度会变得相当高。恐怕风祭警部也是这样思考的吧，所以才会如此看中死亡留言——这个在平时不是那么重要的线索。最终他得出了错误的结论，将中田雄一郎当作真凶，这无疑就是圆山慎介想看到的结果。"

影山毕恭毕敬地行了一礼，结束了他一连串的推理。

丽子还是老样子，对管家耀眼的推理能力以及死不悔改的恶劣性格赞叹不已。实际上，他肯定在豪华轿车内听自己讲完案件的来龙去脉后就知道真相了——既然如此，那你就应该在车里头直接讲出来！为什么非要大晚上特意把我带到那个园艺小屋，并且给我表演那种荒唐的短剧！

丽子在心中暴怒。不过，比起这些，丽子想到日后还有大案子等着自己去处理，内心就变得沉重起来。

"影山的推理还不能说给风祭警部听，这相当于否定了警部那充满自信的推理。嗯，这事太麻烦了，丢面子的警部应该会对我怀恨在心吧……"

"大小姐，这一点请您放心。"将头深深低下的影山凑到坐在沙发上的丽子身边，然后在她耳旁教唆道："容我冒犯。我有一个办法，能让您将推理的内容传达给警部。"

"什么什么，是什么样的办法？"

"这件事其实并不难。您只要注意，不要在若宫刑警在的时候推理就行了。不然警部的自尊心就会像玻璃制品一样碎掉。"

"是啊，确实如你所言，"真不愧是影山，这确实是最有用的方法，"多、多谢了，影山。"

丽子坦率地对影山进行了感谢。

影山则缓缓对丽子行了一礼，然后回复道："愧不敢当。"

第三部　尸体从何处坠落

1

"今晚的主菜是高级香煎鹅肝。请您搭配特制的酸味蔓越莓果酱一同享用……"

伴随着管家嗓音低沉的引导，一碟散发着芳醇香气的诱人料理摆放在眼前。宝生丽子高挺的鼻子瞬间有了反应，本就明亮的大眼睛瞪到平常的一点五倍。

前菜的鲑鱼酱是极品，鲜虾浓汤也非常美味，不过这些与刚端上来的香煎鹅肝完全不在一个等级。色泽独特的香煎鹅肝看上去近乎神圣。这正是高级法国料理中的最终武器，在餐桌上是永恒的王者，将其称为套餐料理中的最强者也不为过。鹅肝由于生产过程十分残忍，一直是饱受争议的食材。但这些复杂的问题已不在丽子的考虑范围之内。她举起手中的餐刀，插入面前散发着香气的鹅肝。

最近由于工作繁忙，丽子总是在晚上九点之后回家，晚餐开始的时间也延到了十点之后。丽子的肚子早就饿瘪了。可就在这个时候……

丽子放在一边的手机不识趣地响了起来。

"干吗呀，偏偏挑这么重要的时候！"丽子不情愿地放下餐刀，拿起手机看着屏幕。随后她的表情变得僵硬。她装出一副什么都没看见的样子，将手机扣在餐桌上。

"……"

"大小姐，还是接电话比较好吧？"在一旁待命的管家影山推动眼镜，劝说道，"哪怕这是风祭警部打来的电话，哪怕内容对大小姐您是不好的消息，无视他人电话或许不是特别合适……"

"我、我知道了！我才没有无视呢！"还有，区区一个管家不准对大小姐说"无视"这个词！

丽子狠狠瞪向身穿燕尾服、出言不逊的管家，然后才将手机贴在耳边。正如影山所料，是风祭警部打来的电话。丽子以部下应有的语气开口道：

"您好，我是宝生。"

"啊啊，是我，风祭。实在不好意思突然给你打电话。宝生君，你现在人在哪里，在做什么？"

"啊，我现在啊，正在家里吃迟来的晚餐……我是说，我在吃晚饭。"

"哦哦，在吃晚饭啊。顺带一提，能告诉我你晚饭吃的是什么吗？"

怎么可能告诉你啊，笨蛋！这可是绝对机密的个人隐私！丽子想到这里后，又立刻改变了主意，用认真的口吻回答道，"今晚我将享用的是香煎鹅肝配蔓越莓酸酱，有什么事吗？"

"啊？鹅肝……啊，知道了。实在不好意思打扰你难得的大餐。"

在风祭警部听来，丽子这诚实的回答更像是一个愉快的玩笑。

风祭警部是"风祭汽车"继承人的儿子，但他至今仍不知道自己的下属是"宝生集团"统帅宝生清太郎的独生女。因此，总会做出很多令人误解的行为。就像现在，从宝生丽子嘴里听到"鹅肝"两个字时，只认为那是女性的请求。所以他突然开口邀约。

"啊啊，宝生君，这么说来，我家附近最近新开了一家很有名的餐厅，据说能提供高级鹅肝。怎么样？改天要不要跟我一起去那里享用晚餐……"

"不了，就不麻烦了，"还没等警部说完，丽子就立刻拒绝，"我其实讨厌鹅肝。比起这个，您打电话过来到底有什么事？"

"当然是为了邀请你去法国餐厅共进晚餐呀。"

"别开玩笑了！您肯定还有其他事情吧。是发生紧急事件了吗？"

"嗯……啊！对对对，你说得对。"警部像是终于回想起来，将话题引回正轨，"没错，大事不好了，宝生君。据说在某杂居楼发现了一具坠楼而亡的男性尸体。我是想告诉你这件事，居然给忘了。"

——警部，你怎么会把这么重要的事情忘掉啊！

"就这么件事，可惜你的晚餐估计得延后了。请立刻赶到现场，我也很快就到，咱们现场见。"

警部留下现场的位置后便结束通话。丽子握着手机，从椅子上站了起来。影山用遭受打击的表情看向丽子。

"我真不知道，大小姐居然讨厌鹅肝……我一直以为您是'鹅肝发烧友'。是我失察了。"

"不，我并不讨厌鹅肝，"但也没到"鹅肝发烧友"的地步，这事暂且不提，"影山，准备好车。不要加长轿车，要速度快的那种！"

话音未落，丽子便急匆匆向玄关跑去。黑衣管家赶忙在她身后叫道：

"啊，大小姐，请您留步！"

"怎么了？！"

"您打算就这样出门吗？要是这样出门，肯定会太引人注意。"管家的脸上浮现出恶笑。

丽子这才反应过来。她穿着名门小姐风格的粉色连衣裙。这也是没办法的事，毕竟这是她的日常服饰，不过确实不能就这样赶往现场。

"啊，真是的，烦死了！"

丽子嘟囔着回到自己的房间，一百七十秒就换好衣服。身穿国立署刑事课搜查员风格的黑色西服套装以及戴上平光眼镜的她急匆匆跑到玄关。引擎轰鸣的最新款宝马汽车早已在门口待命。她刚在后排坐下，驾驶座便传来影山冷静的声音。

"那么大小姐，今晚的案发现场在哪里？"

"立川市的锦町。位于南市区外的杂居楼。名叫'立东楼'……"

根据丽子的指示，影山猛地转动方向盘，将油门踩到底。载着两人的宝马汽车发出刺耳的轮胎声，驶离宝生家的大门。

2

发生命案的锦町，位于横越立川市的中央线南侧。因为靠近JR①车站所以很方便，不过距离JRA②的场外赛马券购票处更近且更方便，是非常混乱的地带。

耸立在周围的多是以餐饮店为主的杂居楼以及写字楼，也有不少老式居民楼。时间已经过了晚上十点，人行道上急着赶回家的醉汉显得格外瞩目。

此时，丽子通过挡风玻璃注意到前方异样的人群。看上去这便是立东楼了。

"影山，停车，"后座的丽子命令道，这辆慢速前行的宝马便静静地停在路边，丽子止住管家，亲自打开车门下车，"我先走了。鹅肝就这么扔掉挺浪费的，你吃了吧。"

丽子语气中带着惋惜，驾驶座上背对着她的影山说："我会为您留着的，为了鹅肝发烧友的大小姐而留着……"管家说出了贴心却多余的话。

"我都说了我不喜欢它也不讨厌它！"丽子一边强调着一边下了车，"好了，你快走吧！"她砰的一声用力关上车门。

目送宝马开远后，丽子这才挤进看热闹的人群，穿过写着"禁止踏入"的黄色警戒线。她这时才发现，命案现场并不是杂居

---

① JR，即日本铁路公司。
② JRA，即日本中央竞马会。

楼，而是紧挨着杂居楼的停车场。

这是座露天停车场，只能容下约八辆汽车，三面均被高楼环绕。站在路旁一层看去，左手边是四层高的立东楼，右手边是差不多高的公寓。停车场后面的建筑物要稍高一些。由于只能看到大楼的背面，无法判断出是什么类型的建筑物。

不过，本次命案的重点在于左手边的杂居楼。距离建筑物约一米远处的地面，躺着一名呈大字的男子。

黑色卫衣以及卡其色工装裤，腰间系着一根较粗的皮带，看起来大约三十岁。男子体格高大，身高可能在一米八以上，上半身十分健壮，尽管他穿着较厚的卫衣，还是能清楚看到发达的胸肌。死因应该是后脑猛烈撞击地面。现场以头颅为中心，大量的血液喷溅在柏油路面上。

"这么说来，警部的确说过有一具坠楼而亡的尸体……"

丽子一边确认着杂居楼与尸体坠落的位置关系，一边点着头。身着灰色西装的新人女刑警靠近丽子，是丽子可爱的后辈——若宫爱里刑警。"啊！前辈，您是来加油打气的吧。这可太好啦！"

不，不是为了你加油打气的，而是受了上司命令才赶来的。但丽子还是这样说道："嗯，我来了。交给你处理的话，我总有些担心。"

丽子装出前辈风采，用手指推了推平光眼镜开口道：

"所以，现在现场是什么情况？"

"还不清楚男性死者的身份。尸体的第一发现人是隔壁公寓的公司员工。据他所说，从公司回到公寓后，在晚上十点整正准备将车停进停车场时,听到'咚'的一声,像是什么东西撞击地面的声音,还能感受到地面在震动。他急忙下车检查四周,就看到了倒在停车场角落的尸体。他慌忙跑去查看,倒地的男性就已经是这个状态……"

若宫刑警转过头,指向那具凄惨的尸体。

"紧急联络警方的也是这位中年男子。死者估计是跨过杂居楼楼顶的铁栏杆,从那里坠下的。"

丽子按照后辈的说明,抬头望向立东楼的楼顶。她打量着楼顶和脚边的尸体,然后点了点头。如果尸体是从这座建筑物楼顶坠落,是有可能坠落至停车场的角落。这一点看上去并没有矛盾的地方。

"这么看来,问题就是死者究竟是自杀还是他杀了。"

丽子自认为这个发言无比符合前辈的形象,但她话音刚落……

"不,前辈,这一点很明显了。"

若宫刑警充满自信地挺起胸脯。丽子作为前辈的风量,已经降至"微风"的级别。"爱里……不,若宫,怎么了?"

"前辈,请你仔细看这里。"若宫刑警虽然如此要求丽子,但她自己不敢直视凄惨的遗体。她把头扭向一边,手指颤抖地指向遗体,"你、你看,他、他额头的右边,有一道类似擦伤的痕迹吧。还、还有血渗出来对吧?就是那里。"

"嗯,若宫,虽然你说'就是那里',但你手指着的地方是尸体的脖子……"丽子瞥了眼这个有些可惜的后辈,再次望向尸体,

"不，算了。额头右边对吧？啊，确实有道类似擦伤的伤口。也就是说，这个男人的身上除了后脑勺与地面碰撞产生的致命伤外，额头处还有一道外伤。"

"对，就是这样。所以这名男子不是自杀。恐怕是被人殴打额头后，再从楼顶被推落。也就是说，这是杀人事件。这、这道伤口就是最强有力的铁证。没错，就是额头的这处伤口！"

"那个地方不是额头，是下巴，下巴！"爱里，你要鼓起勇气直面尸体！丽子有些吃惊地继续说道，"如你所说，如果只是单纯的跳楼自杀，尸体头部的前后两处，是不会同时受伤的。那么真正的案发现场应该在……"

这时一阵刺耳的轰鸣声仿佛要盖过丽子的喃喃自语，一道黑色的影子——不，应该说是银色光芒——是风祭警部的爱车捷豹出现了。这是一辆有着银色烤漆的英国车，夜晚街道上的霓虹灯光反射在车身上，将这辆车照成了难以形容的样子。风祭警部从驾驶座走了出来，穿着一身宛如好莱坞巨星的白色西装。明明没有人，却非要与围观的群众们握手击掌，然后从容跨过黄色警戒线进入案发现场。

"宝生君、若宫君，我亲爱的小猫咪们，让你们久等了。有我在你们就可以放心了，毕竟迄今为止，还没有我破不了的案件。话不多说，让我来看看坠楼身亡的尸体吧……嗯嗯，就是这位男性吗？原来如此原来如此……"

风祭警部擅自吹嘘着自己的丰功伟绩，又擅自检查起坠楼身亡的尸体。两位女性趁机脸贴着脸讲起悄悄话：

"前辈，警部称呼你是'小猫咪'啊。"

"别胡说，警部的原话是'小猫咪们'，也包含你在内。"

"不不不，我和警部的关系还没深到被他爱的地步……"

"不不不，怎么看爱里都更像小猫咪一点……"

将谦让的美德发挥到极致的二人，全力将"亲爱的小猫咪"这一称号让给对方。

风祭警部观察完尸体后，若有所思地从尸体旁站起来，若宫刑警便将尸体发现人所说的话，再次转述给警部。

"原来如此，我知道了。"

警部的目光重新落在这两位凯蒂猫上，然后一如既往地得意扬扬地说道：

"你们看，死者的后脑勺和额头两个部位都有伤口，普通的跳楼自杀是不会这样的。也就是说，这是毋庸置疑的杀人事件！"

"是的。就在刚刚我和前辈也……"

我们早就说过和警部同样的结论——爱里，你是想说这个吗？

察觉到大事不妙的丽子立刻用手肘顶向后辈侧腹。若宫刑警不由得发出呻吟声。警部丝毫没有察觉到异常，继续讲述着众人都知道的推理。

"犯人使用的凶器恐怕是棍棒之类的物体——不，从伤口的形状来看，或者是某种粗糙的平板——使用这类物体攻击被害人的额头，虽说这种擦伤并不致命，但这种伤害足以让被害人站不稳。随后犯人将被害人从高层的某个窗户推下去……"

"嗯？窗户？"丽子突然指出上司的错误，"那个，警部，立东楼面对停车场这一侧没有窗户——您看。"

丽子指向耸立在眼前的四层楼高的杂居楼。这里只有一片混凝土外墙，没有一扇能够称之为窗户的东西。

看到这一幕后，警部稍微调整了自己的推理。"要是没有窗户的话那就是在楼顶。犯人在楼顶殴打被害人后，将他推了下来。毋庸置疑，犯罪现场就是在楼顶。"

是的，其实我和若宫刑警早就说过同样的结论——要是这样说出来，心情肯定能痛快不少。但丽子与没心没肺的若宫刑警不同，只能摆出一言难尽的表情，并且点头赞同道："原来如此……"

警部再次蹲在遗体前，检查起男子随身携带的物品。黑色卫衣虽然没有口袋，但卡其色工装裤上有几个宽敞的口袋。其中一个口袋奇怪地鼓起。警部拉开口袋的拉链将右手伸进去，然后取出一个令人相当意外的东西。

"这不是……刀吗？为什么被害人身上会有这种东西……"

警部诧异地握住刀把，将刀从刀鞘中抽出。刀刃部分长约十五厘米，银色的刀刃上不知为何还有一层薄薄的红色东西。

"这、这是……血吗？而且看起来还很鲜艳……是鲜血……"

"这是人的血吗？"丽子有些怀疑地说道。

"恐怕就是人血……但是为什么被害人身上会有这个沾着血液的刀呢？带着平板状凶器的凶手，以及带着刀的被害人。莫非两人在楼顶展开了一场决斗？搞不明白……算了，既然如此。"

警部猛地站起来，将沾着血的刀递给部下，随即命令道：

"若宫君，你把这个交给鉴定人员。宝生君，你跟我一起来。"

"您要去哪里？"

"这还用说吗？"警部指向上方，"当然是真正的犯罪现场了。"

3

丽子与风祭警部从停车场绕到立东楼的正面。四层杂居楼里没有电梯，好像只有铁制的室外楼梯。二人伴随着金属声响走到楼顶。各个楼层挂有拉面店、女仆咖啡店、按摩店等招牌。由于时间太晚，这些店铺都打烊了。四楼貌似开了一家占卜店，但光线昏暗，丽子也不好判断。

刑警们沿着楼梯走，终于到达楼顶。由于楼顶与楼梯之间并没有门或是栏杆之类的遮挡物，任何人都能轻易进入楼顶。两人到达后迅速环视四周，楼顶看上去空荡荡的，只有铁栅栏围绕四周，除了几台空调外机没有任何显眼的东西。当然也没有其他人的身影。

"终于只剩我们两个人了，宝生君……"

"不要胡言乱语了。警部请走这里。"

丽子对上司不着调的话避之不谈，走进昏暗的楼顶。警部咂着嘴跟在她身后。两人走到尸体发现地的正上方，观察起周围的环境。突然警部抱怨道：

"搞什么嘛。这里看上去并没有决斗的痕迹，也没看到板状的凶器。我还期待看到满是鲜血的犯罪现场——不是，我本以为会是那样的现场,但现在看来并没有任何异样。"

"您说得是。"苦笑的丽子假装没听到上司的失言,往铁栅栏方向走去。

停车场对面,还有一栋约四层高的公寓。丽子握住栏杆,探身向下望去,看到了停车场里的若宫刑警正天真地挥舞着双手,朝自己打招呼。丽子下意识地想要挥手回应,想了想还是保持了矜持。然后她一脸严肃地对上司说道:"这么看来,被害人应该是跨过栏杆后坠落的吧?这一点是没问题的吧,警部?"

"宝生君,这就不一定了,"这让丽子感到意外,警部板起脸摇了摇头,指向左手边耸立的白色大楼说道,"被害人也有可能是从这座白色大楼上突然摔下去的。受气流影响的话,被害人或许碰巧就会被吹落到立东楼附近的地面上。也可以这样思考吧?"

"啊?不不不,这不可能发生吧,"丽子毫不犹豫地否定道,"尸体坠落的地方,与立东楼只有一米的距离。从这座白色大楼所在的位置来看,坠落地点应该有五米远。一般情况下是不会摔到这里吧?假设当时正好有强风吹过,将被害人推向靠近立东楼的方向,也不会吹到五米远的地方吧?更何况今晚也没有这么强的风……"

"对!今晚没有风!"

警部抢过丽子的台词,语气强硬地断言道:"今晚几乎没有风,可以推断出被害人坠落的过程中不会受气流影响,应该是笔直落在正下方的地面。也就是说,坠楼的地点只有可能是这个杂居楼的楼顶。宝生君,我从一开始就是这样想的!"

"是、是吗……"警部居然能把一分钟前的想法忘得一干二净!

丽子错愕于上司说变就变的速度,不由得叹了一口气。就在这时,她的视线被角落里的某个东西吸引了。

"这是……"

仔细看去,这个东西掉落在不远处的铁栅栏旁。丽子走过去,用双手将它捡起来。"警部,好像最近有人在这里抽过烟。您看,这是被用来当作烟灰缸的空易拉罐,以及忘在这里的打火机。"

空罐是咖啡罐,罐内似乎还被塞进几个烟蒂。打火机是印有兔女郎图案的芝宝打火机。丽子把这两个东西交给上司。

"这会与本案有关吗?"

"不,这不好说。毕竟偷偷在楼顶抽烟也不是什么稀罕事。总之,这里已经看完了,咱们先下去吧。"

丽子跟着风祭警部离开顶楼。顺着楼梯走到一楼附近时,两人听到争吵声。禁止入内的警戒线已经拉到立东楼的一楼,一个穿着T恤的年轻男子隔着警戒线与穿着制服的巡警发生争执。在这附近还能看到若宫刑警的身影。

风祭警部摆出不耐烦的表情。

"喂喂,你们怎么了?发生什么事了?"

警部用强势的语气问道,转过身来的若宫刑警则一脸为难地回答道:

"警部。这位男性想擅自进入这座楼。"

"是吗?还真是个麻烦的家伙——是谁是谁?让我来对付

他吧。"

"什么叫麻烦的家伙?我进去不行吗?"年轻男子摆出一步也不退让的强硬态度,朝警部挺起穿着T恤的胸膛,"这里可是我的工作场所!"

"是吗?你是指女仆咖啡店吗?"

"你从哪儿看出来的?"男人愤怒地将脸凑近警部,"我怎么可能在那种地方工作?别看我这样,我可是个按摩师!"

丽子想起在三楼看到的按摩店招牌。警部也露出惊讶的表情,随即询问道。

"这个时间你去三楼干什么?按摩店已经关门了!"

"没有,我不去三楼,我要去楼顶。"

"嗯?楼顶?"警部眼睛一亮,"你去楼顶干什么?"

"不干什么,只是我有东西忘在楼顶了。"

"是吗?有东西忘了啊,"警部笑了起来,从丽子手中接过塑料袋,将里面的东西展示在男人面前,"你说的那个东西莫非就是这个品位低俗且下流的打火机吗?"

"对,就是这个。刑警先生,把它还给我,这是我过世老爹的遗物。"

"啊?原、原来是这样……这个、这个怎么说……实在抱歉!"警部也觉得自己的话有些过分了。他老实地低下头,为自己的不当发言道歉,"我不该说低俗和下流的,对不起……"

这还不是因为警部向来要说那些多余的话——丽子在心中吐槽道。

年轻男人伸出右手说："没事。总之你先把它还给我吧。"

话音刚落，警部就把手收回去。"不、不行。"紧接着将塑料袋递给身旁的下属，"喂，若宫君，把这个打火机也交给鉴定人员。"

"好的！"她精力充沛地应了一声，接过袋子，一路小跑离开了现场。年轻男人连忙冲着灰色西装背影伸出右手喊道：

"喂、喂、等等！那是我的打火机！不准擅自拿去鉴定！"

"别担心，只要查清楚，打火机就会原封不动还给你。当然，前提是你不是嫌疑人。你能跟我们过来一下吗？我们还有不少问题要询问你。"

听到警部挑衅的言语，年轻男人也态度强硬地回答道：

"好啊，来啊。反正我除了藏香烟以外，没做过任何亏心事！"

穿着T恤的年轻男子自称村山圣治，今年三十三岁。检查过他随身携带的物品，并经过了几番询问后，确认他的确是在这栋楼里按摩店工作的按摩师。风祭警部立刻直截了当地问道：

"你说最近在楼顶吸烟，能告知我具体时间吗？"

"按摩院关门的时间是晚上九点半。我收拾完东西后，在自动贩卖机买完咖啡再去楼顶，应该是在九点四十五分左右。"

"你说什么？晚上九点四十五分？"

警部的情绪一下子激动起来也是在所难免的。尸体的第一发现人是在晚上十点听到"咚"的坠落声，并且感到地面震动，然后便发现坠楼的尸体。也就是说，凶杀时间必然是在晚上十点。

九点四十五分这个时间十分微妙,这与被害人坠楼身亡的时间仅相差了十五分钟。

"你确定是这个时间吗?"

"确定。虽然没看手表,但我下班后经常会这样去楼顶,所以应该就是这个时间。"

"当时楼顶除了你以外,还有其他人吗?"

"啊?怎么可能还有其他人啊。只有我会在那种地方偷偷抽烟。"

虽然这件事并不值得骄傲,但村山圣治依旧挺直胸膛。警部咽了咽口水。

"那、那你在楼顶待到了几点?"

"这我就不清楚了。我是听到巡逻车的鸣笛声后,总觉得没什么好事,就赶忙离开了楼顶。托你们的福,就连这个珍贵的打火机我都忘在了楼顶……嗯?刑警先生,你为何装出这么有趣的表情……"

警部并非有意装出有趣的表情,他只是将端正的面孔扭曲成困惑的表情。这也不难理解,毕竟村山圣治的这份证词与丽子她们的猜想格格不入。

警部难以置信地摇了摇头,靠近眼前的这个男人。

"你刚刚说的是真的吗?晚上九点四十五分听到巡逻车的警笛声后,你一直待在这个楼顶?并且在这段时间内,除了你以外,没有其他人来过楼顶?你也没见过一个穿着黑色卫衣加卡其色工装裤的男人?"

"什么男人？我没见过。"

"别骗人了！你肯定见过！喂，你不会就是凶手吧？"

就在上司差点拽起对方领口的时候，丽子急忙从后方控制住他。

"警、警部，您冷静一点。请您冷静一下！"

"嗯、嗯……不，宝生君，你让我怎么冷静！要是他说的都是真的，这起案件究竟该如何解释？"

风祭警部用手梳理起刚才因为激动而变乱的头发，自暴自弃地抱怨道：

"停车场里呈大字躺在地上的那位男性，其实是晚上十点从空无一人的楼顶坠楼而亡的？这怎么可能啊！"

4

刑警们只在警车中打了个盹，第二天天刚亮就继续调查。

首先是确定被害人的身份。被害人的随身物品内，除了刀以外，没有找到驾照、钱包、手机之类的物品。本以为查出死者身份是件难事，但意外的事发生了，此人的身份因为一位证人的登场被轻而易举地确认了。

作证的是立东楼一楼拉面店的男店员。他正准备照常上班，对昨晚发生的事一无所知。

当他听到宝生丽子描述被害人的特征——身高在一米八以上，胸肌特别发达，穿着黑色卫衣和卡其色工装裤的男性——等信息后，他立刻有了反应。

"您说的这个人不会是富泽先生吧。"

"嗯？富泽？富泽是谁？"

风祭警部激动地询问对方。若宫爱里刑警则在身后安抚道："警部，请您冷静……"丽子则一脸淡然地继续提问。

"这位富泽先生是个什么样的人？"

"他是我们店的常客——要看照片吗？"说着，男人取出自己的手机，手指在画面上滑动，"就是这个人，这人就是富泽俊哉先生。"说着便将手机递到刑警们面前。

三位刑警同时看向屏幕。屏幕里的男性确实长得很像昨晚发现的被害人。健壮的肌肉将黑色背心撑得鼓鼓囊囊，裸露的肩膀和手臂处的肌肉也十分漂亮。他搭着男店员的肩膀朝镜头比出"耶"。照片的背景不是在拉面店，看上去像是体育馆。

"哦哦，的确是这个男人！被害人就是富泽俊哉，不会错的。"

风祭警部断言道。丽子歪着头向男店员追问道：

"这张照片你是在哪里拍的？背景看起来很特别……"

"哈哈，您注意到了吗？拍摄地点是附近健身房的攀岩设施处。富泽先生是那家健身房的指导教练。我经常去那家健身房锻炼，所以才会合照——啊，刑警先生，您知道攀岩吧？"

男人更像是在问两位女性刑警，但兴奋地回答出"当然了，我知道！"这句话的却是身着白色西装的帅哥刑警，"这是已经被列为奥运竞技项目之一的热门运动。不过在人们还不知道攀岩这个词之前，我就已经学会了。那种依靠自己的身体攀登到高处的成就感，实在令年少的我着迷……"

风祭警部像是在怀念童年般看向远方。如果以丽子的方式"翻译"这段话，简要概括就是他在炫耀"我在人们关注这项运动前，就已精通此道了"。警部只要一有机会就抢着炫耀自己，面对他的这种贪心，早就令人吃惊到低下头表示佩服。不过，先不说这个……

丽子请男店员将照片发送到自己的手机上，然后重新观察起这张照片里的壮汉。

两人长相相同的可能性是零，应该错不了。昨晚离奇坠楼身亡的被害人就是富泽俊哉。其职业是指导攀岩的教练。攀岩是一种徒手攀爬墙壁的运动。此时，丽子脑子里浮现出富泽徒手爬上立东楼的画面。——不不不，这怎么可能呢！

丽子用力摇头甩掉这种奇怪的想法。警部面向部下。

"我们的调查工作前进了很大一步，立刻安排搜查员去富泽工作的地方——宝生君，若宫君，你们两人拿着富泽的照片去现场附近打探一下消息。祝你们一帆风顺。"

"一帆风顺……"你再怎么期待我们的好消息，搜查结果也不会有改变，丽子朝上司投以怀疑的目光，"对了，警部，您接下来准备做什么？"

"啊？做什么……你说我吗……"

"是的，您的任务肯定不是——仅仅站在这里期待部下们一路顺风吧？"

"这……当、当然了。对，对了，我准备集中精力思考这个复杂的谜团，思考富泽先生为什么会在无人的楼顶坠楼身亡这个不可能事件。"

说完这句话，警部用指尖轻轻敲打着自己的侧脸。也就是说，他将脚踏实地的工作交给下属，自己只需要专心动脑就够了。

——警部，你未免也太轻松了吧！

丽子将这些讽刺的话咽到肚子里，选择遵从上司的命令。

"知道了。那么从现在开始，我宝生丽子将带着若宫刑警一同前往现场附近打探消息——若宫，我们要出发了！"

"好的！"新来的刑警开朗地回复道，紧跟在丽子身后。

虽说要打探与被害人相关的消息，但漫无目的地向路过的行人打听，恐怕是不会有什么结果的。想到这些的丽子来到与立东楼隔着一个停车场距离的那栋公寓。一层是便利店，二层到四层是居住区域，每层三间房，合计有九户。

"若宫，先从这里开始打探消息吧，"丽子抬头看着写有"锦町公寓"的公寓楼牌说道，"这座公寓的对面就是案发现场，而且阳台面朝停车场，打听到线索的可能性很高。"

"没错。要是有人目睹那神秘的坠楼过程就好了！"

不知办案艰辛的后辈，说出了比冰淇淋还要甜美的期待。

"你说得对。"丽子苦笑着走到正门玄关。玻璃门上有电子锁。丽子向若宫刑警使了个眼色，若宫刑警随即微微点头，走到数字键盘旁，先按下201的按键。没过多久对讲机里便传出女性慵懒的声音："您是哪位？"这位后辈刑警竟小心翼翼地向摄像头展示警察手册。

"那、那个——我是国立署的,可以问您几个问题吗?"

然而,对方通过对讲机,留下一句答非所问的回复"啊,我家不需要"后,便单方面结束了通话。

这位菜鸟刑警的表情瞬间变得阴云密布。"被、被挂断了……"

"别、别泄气,若宫!她肯定是把你误认成保险推销员之类的人!毕竟你看上去不像警察!你闪开,让我来对付她!"丽子将后辈挤开,再次按下201的按键,帅气地展示出警察手册。"我是国立署的警察。就昨晚的坠楼事件,想请教您几个问题……"

此时,眼前的玻璃门悄无声息地打开了。

"好厉害——不愧是前辈!"若宫刑警鼓掌称赞,满是羡慕地看向丽子——不不不,爱里,这一点都不厉害!这样才算是正常!你那种中途被人挂断电话的情况才算是特殊!

总之,丽子与后辈刑警终于踏进建筑物内。

不过,接下来的时间转瞬即逝——

丽子与若宫刑警结束了对二楼与三楼的询问后,拖着疲惫的步伐上了四楼。她们在前两层已经按响过六户人家的门铃,但是有些住户不在家,有些房间压根就没人入住。实际进行了问话的对象只有三户人家,合计六人而已。还没有获得任何有价值的信息。

即便出示被害人富泽俊哉的照片,他们也没有特殊反应,对于昨晚发生在停车场的案件更是一无所知。若宫刑警的语气透露出失落之情。

"前辈，难道这里就没有人目击昨晚那个坠楼过程吗？"

"这个嘛，或许如此吧。毕竟发生在昨晚那个时间段里，还是不要期待有什么目击者了。但是若宫，不能放弃啊。"

"嗯，我们要加油！即便失败了也无所谓！对吧，前辈？"

若宫刑警捏着拳头说道。丽子已经无法判断，这位后辈究竟是消极还是积极。不要说什么即便失败了也无所谓啊，爱里！这样说会失去干劲的！

丽子在心里吐槽着这些话，随后按响401号房间的门铃。不过这户好像没人。从门旁贴着"小野田"的门牌推测，这里应该有人居住，但按了好几次门铃都没有动静。两位刑警只好放弃等候，转战402号房间。这次由若宫刑警一边按门铃一边看门牌，她感到意外地说道：

"咦？这家住户也姓'小野田'啊，是巧合吗？"

"真的哎。说不定是亲戚。"毕竟两户小野田家恰巧当邻居的概率应该很低。

没过多久，房门便微微打开。一位看上去很谨慎的女性隔着门上的锁链问道："您是哪位？"在丽子出示了警察手册，告知对方"我们是警察"后，女人一下子慌张起来，她解开锁链，打开房门。

这是一位穿着灰色居家服的娇小女性。这位五官清秀的女性虽说也算得上是位美女，但她散发着疲惫气息的肌肤以及干枯的褐色头发，令人对她印象大打折扣。难不成是个从事特殊行业的女性？——丽子不禁猜测。"就昨天晚上发生的案件，我想请教您几个问题……"

"昨晚的案件？啊啊，是对面大楼那个跳楼自杀的事情吧。"

不，很有可能不是自杀——丽子在心中吐槽了一句，然后开始提问。

"昨晚，您是否听到不同寻常的声音？或者是看到可疑的人物？"

"没有。昨晚我没排班，所以一直待在家里，并没有听到什么不同寻常的声音——啊，你问我在哪里工作吗？我在附近的夜店工作。"

"好的。昨天您是否去过阳台眺望隔壁的停车场或是杂居楼？"

"没有。除了晒衣服，我几乎不会去阳台。"

"您认识这位男性吗？"丽子掏出手机询问道。

女性皱着眉靠近手机屏幕，注视着富泽俊哉的照片。"不，我不认识。"然后果断地摇头，露出同情的表情，小声说道："原来去世的就是他啊，真可怜……"

两人随后又问了几个问题，但没有获得值得注意的情报。此时，一旁的若宫刑警插嘴问道：

"那个，住在隔壁401号房间的也叫小野田吧？你们是亲戚吗？"

"啊？对，是的，"原来这个女生也是刑警啊——女人像是刚察觉到此事般回答道，"住在隔壁的小野田大作是我叔叔。他怎么了吗？"

"是这样的，我们有几个问题想请教他，但是他好像不在家……"

"嗯？不在家？"女人瞬间有些诧异，"叔叔他不在房间吗？这就奇怪了，他上午很少出去的——刑警小姐，麻烦你们稍等一下。"

女人说完便换上凉鞋，从玄关跑到走廊，就这样移动到隔壁的房间。她按响门铃后解释道："我叔叔今年已经七十多了。他总说一个人住着不安心，最近才搬到我家隔壁——啊，真的没反应。这就奇怪了，他能去哪儿啊？"

女人不安地嘟囔着，试着转动门把手。下一秒，她十分意外地说道：

"怎么回事？门没锁。越来越奇怪了。"

女人一转门把手，便很轻易地打开了401号房间的门。或许是女人与叔叔并不见外吧，她脱掉凉鞋，若无其事地进入屋内。

"叔叔，警察有事找你。"

她大声喊着穿过短短的走廊，打开走廊尽头的房门。然而就在她的背影刚消失在门后的时候……

"啊啊啊！叔、叔叔！"

女人的叫声突然响遍屋内。站在玄关前的丽子被吓得与身边的后辈四目相对。丽子急忙脱下鞋子，与若宫刑警争先恐后般地冲进屋内……

5

"也就是说，你们冲进客厅后，就是这个状态了？"

风祭警部指着横躺在沙发上的老人遗体，向部下们确认道。

老人穿着深褐色的卫衣，胸口有刺伤，但出血很少。他头发花白，脸上皱纹密布，看起来很有修养。他的脖子扭曲成了一个诡异的角度。

地点是"锦町公寓"401号房间的客厅内。不少搜查员在这个新发现的诡异尸体周围忙碌着。被弄乱的房间里，明显残留着某人留下的痕迹。

宝生丽子正与若宫刑警一同向穿着白色西装的上司汇报发现尸体的经过。丽子看着眼前的遗体点头道：

"是的。当我们冲进客厅时，老人就已经这样倒在沙发上了……是的，我们一眼就看出他已经去世了。侄女比我们先看到尸体，我们到达时，她瘫坐在地上。"

"死亡的老人是小野田大作先生，今年七十二岁。他侄女是小野田绿女士，今年三十五岁。"若宫刑警看着手里的警察手册补充道，风祭警部听完后满意地点了点头。

"嗯，我知道了。宝生君以及若宫君，在单纯的询问情报的工作中你们发现了这具诡异的尸体，现在一定很苦恼吧？我十分理解你们有多慌张。但是……"

就像是故意做给她们看似的，警部竖起食指继续道：

"但这都在我的推测之内。出现这种事我并不意外。昨晚富泽俊哉离奇地坠楼而亡，在他身上还发现了带血的刀。当时我心里便有了一个猜想，'莫非在我们不知道的地方，还有另一起惨案发生？'——你们看看现在。"

"警部,这真的是您当时的心中所想吗?"

"当然了宝生君!我当时就是这么想的!"

警部以一脸不容反驳的样子断言道。

但是丽子仍然对此事持怀疑态度——既然都这么想了,昨晚说出来不是更好?警部,莫非你在发现了第二具尸体之后就重新修改了过去的记忆?

但丽子还是先吹捧了一下上司。"不愧是警部,事情发展果然不出您所料,"又接着问,"如此一来,警部是认为这两起案件有关联吗?"

"嗯,当然。昨晚的坠楼案件,以及今天发现的老人被害案件。根据我的推理,这两起案件是紧密相连的。"

这还用说吗?丽子差点把这句心里话说出口,但又忍了下去,接着催促道:"紧密相连是指……"

"杀害小野田大作的凶手就是富泽俊哉!宝生君你看,遗体的脖子被恐怖的力道扭曲成反常的角度。想必骨头已经被拧断了,这是何等的蛮力啊。凶手必定是格斗家或健身教练那种肌肉男。那么我问你,富泽俊哉的职业是什么?"

"他是攀岩健身房的教练。"

"不错,这不就对上了吗?为攀爬垂直的墙壁而锻炼出来的肌肉,被他用来扭断这名老人的脖子。犯罪事件肯定发生在昨天晚上。富泽在这间屋子里掐死大作先生,将刀刺入大作先生的左胸是为了以防万一。之所以出血很少,恐怕是在他刺杀大作先生的时候,被害人的心脏就已经停止跳动了。富泽在杀害大作先生后,便打起屋内值钱东西的主意。也就是说，这是强盗杀人！虽说方式太过野蛮粗暴，但富泽能做到。不，只有富泽才能做到！"

风祭警部仿佛沉醉在自己的推理中，不禁侃侃而谈。对于他的推理，丽子坦率地点头说出了"原来如此"。先不说这件事是否只有富泽能够办到，在"杀害小野田大作的凶手就是富泽俊哉"这一点上，她与风祭警部的想法一致，因此并没有提出异议。

不过，面对状态绝佳的上司，"可是警部……"若宫刑警慢条斯理地插嘴道，"如果富泽是杀害大作的凶手，富泽为何会在当天晚上坠楼身亡呢？更何况不是在这座公寓，而是在对面的杂居楼坠落，这一点您不觉得有些奇怪吗？"

"嗯……等等，若宫君，即便你说'有些奇怪'……"

警部被戳中痛处，引以为傲的英俊脸庞也不禁变得扭曲。

丽子目送尸体被搬出客厅，沉默不语地思考起来。

若宫刑警的指责很有道理。假设富泽昨晚在锦町公寓 401 号房间犯下强盗杀人的罪行，为什么会在同一天晚上从对面的立东楼坠楼而亡呢？丽子满头雾水，说起来，富泽坠楼身亡究竟是怎么回事呢？是自杀还是他杀？还是偶然的意外？事到如今，连这种事都难以判断了。

自称当时恰巧在楼顶的村山圣治，他的证词也令人捉摸不透。假设他的证词是真实的，那么富泽从立东楼坠楼而亡的案件根本就不可能发生。因为立东楼靠停车场一侧没有窗户，坠落的地点只可能是楼顶。即便如此，在坠楼事件发生前，立东楼的楼顶除了村山圣治外没有其他人。

这究竟是怎么一回事?

"说回来,在我们打听情报的这段时间里,警部您好像说过——要准备集中精力思考坠楼之谜吧?"虽然丽子没抱太大希望,但还是问道,"所以您是怎么看的?富泽是从立东楼楼顶坠楼而亡的,这样判断没错吧?"

"当然了!宝生君,"风祭警部浮夸地展开双手,"富泽的坠楼位置就是在杂居楼的楼顶,除此之外没有其他的可能性。"

"也就是说,村山圣治的证词是假的了?"

"不,他没有向警方撒谎的理由。他说的内容应该是亲眼所见。"

"啊?那不就说不通了吗……"

"不,宝生君,这是说得通的。富泽从空无一人的楼顶坠楼身亡,隐藏在这背后的诡计,已经在我脑海中解开了。"

"嗯?真的吗?"警部,您又在开玩笑了——丽子拼命压抑住自己,将这句绝对不能说的话咽了回去,继续向上司问道,"究竟是怎样的诡计?"

"嗯,也是,比起讲解给你听,示范给你看会快一些。"

——不不不,警部,比起示范给我看,还是说给我听更快吧!

丽子用眼神如此说道,但警部向来无法理解他人视线的含义。"好,那么这样吧。宝生君,不好意思,稍微给我点时间——啊,若宫君,你和我一起过来。"警部发出令人费解的指示。

"是——"若宫刑警坦率回应道,然后朝警部跑去。

"那么宝生君,三十分钟后,咱们停车场见。"

警部从容地转身离开,若宫刑警也跟着离开了。被留在客厅的丽子一脸迷茫地喃喃自语:"警部,这次你又想干些什么啊?"

6

说好的三十分钟很快就过去了……

宝生丽子到达停车场时,只看到了身穿白色西服的风祭警部。他正站在停车场的正中央迎接丽子,端正的脸上洋溢着计划得逞的微笑。

"呀,宝生君。难为你过来了。时间刚刚好。"

这没有什么难为的。上司的命令要绝对服从,丽子无法选择拒绝。

"警部,你打算在这里干什么?"

他刚才确实说了要"示范诡计"什么的。她环顾四周,停车场似乎没有任何变化。除了出入公寓的搜查员外,停车场只停着几辆汽车,就是很普通的停车场。丽子左右打量着问道:

"话说回来,我怎么没看到若宫啊,她去哪里了?"

"啊啊,你说若宫君吗?她在那里——你看。"

警部指向立东楼的楼顶。丽子将手放在额头向上看,一个灰色西服的身影正站在那里。那人从扶手处探出身体,大幅度挥舞着双手。"宝生前辈!"从上方传来的声音,的确是若宫刑警无疑。

——但你别这么大声地喊我名字呀,爱里!多丢脸啊!

眉头紧皱的丽子挥手回应了后辈,然后向身旁的上司问道:

"警部，您所说的示范诡计是什么意思？"

"没什么，就是字面上的意思，"警部将右手随意地搭在丽子的肩膀上，"接下来就将为你揭开昨晚坠楼案件的真相。为了事先做些准备，便让你等了三十分钟。"

警部向丽子认真地解释道。但丽子已经听不进去他的话了。她正用充满杀意的眼神，盯着上司放在她肩部，正在性骚扰的右手。

——我的肩膀可不是你专用的"扶手"！

可惜警部依旧没有理解丽子的眼色，看上去毫不在意。

"话说宝生君，虽说有些不合时宜，但等这次案件侦破后，你愿意与我共进晚餐吗？我找到一家提供高级鹅肝的法国名店——我记得你好像非常喜欢鹅肝？"

"不，我对它不喜欢也不讨厌。"丽子大吼一句，趁机驱散了这个支配着自己肩膀的"异物"。——啊啊烦死了，为什么这些人总觉得我是"无比喜欢鹅肝"的那种人啊？丽子将这份不满藏在心中，用锐利的眼神瞪向上司，"现在鹅肝什么的，都不重要！比起鹅肝，那个诡计怎么样了？"丽子将音量拉高。

就像是要盖住她这句话的结尾，一个来历不明的声音突然响彻停车场——咚！

同时，两人脚底踩着的沥青地面也跟着震动了一下。丽子感到危险即将临近，下意识地蹲了下去。一旁的风祭警部也惊讶地喊道：

"喂喂喂，刚刚的声音是怎么回事？"

"不知道……应该是什么重物砸到了地面……"

丽子一边说着，一边重新环视起停车场。停车场中的汽车没有发生变化，肉眼可见的范围内没有任何异样。此时警部也不安地低喃道：

"不会又是昨晚坠楼案的尸体发现地吧……"

"哈哈，怎么可能。"虽然丽子如此回答，但慎重起见还是前往了昨晚坠楼案的尸体处。

她绕过停车场的面包车，望向那个地点——

"啊啊啊！"丽子尖叫道，"啊啊啊，爱里！"

躺在那里的是若宫刑警。她仰面倒在地上，头部附近溅出大量鲜红的液体。丽子似乎一下子就明白发生了什么，立即跑到她的身边，看着她双眼紧闭的面孔，丽子的嘴唇微微颤抖。

"啊啊，怎么会这样……爱里，可怜的爱里……又是受警部的命令，不得不陪着他胡闹吧……"

"喂！宝生君！注意一下你的言辞！什么叫胡闹？这里没有一个人在胡闹好吗？"

胡来的上司说完后不满地撇起嘴。丽子则丝毫没有退让。

"如果这都不叫胡闹的话，那您说什么才算胡闹？"

"那个——警部是说，"若宫刑警突然坐了起来，睁开眼睛说道，"前辈，这就是坠楼案件的真相。"

"这就是真相？"丽子歪头问道，"警部，真是这样吗？"

"这还用说！宝生君，你刚才的反应我十分满意。这一刻完美地证明了我的推理是多么正确。"

这个人到底在说什么啊?"嗯,我不太清楚您的意思……"

"那就让我来解释一下吧。刚刚你听到了一声巨响。没过多久,便在停车场角落发现了倒在地上的若宫君,她距离杂居楼大约一米远。你当时是怎么想的?'从楼顶摔下来的若宫正在流血'——恐怕你就是这样想的吧。"

丽子说:"不,我并没有这样想过……"

"不不不,你应该这样想过。你一定想过。你不可能没想过,你有过这个想法吧,宝生君?"

啊啊真是的,这个人真麻烦!丽子叹了口气,不情不愿地点了点头,"嗯,好的,正如警部所说,有那么一瞬间,就那么一瞬间里,我觉得倒在地上的若宫,像是刚坠楼的尸体。"

但走近一看,后辈只是在装死。而且通过味道就能判断,飞溅在地上的红色液体其实是番茄汁。多亏这样,丽子才能瞬间明白,这是风祭警部自编自导的一场闹剧。

"也就是说,我听到的那个巨大的撞击声,并不是人从楼顶坠落的声音?"

"没错。听到某个东西撞击地面发出的巨大响声后,又很快看到倒在地上的尸体。这时人们就会以为刚刚有人从高空坠落,这个诡计就是想展现出这种效果。事实上,待在楼顶的若宫刑警在你被我的右手所吸引的时候,就跑下楼来到停车场。在我约你共进晚餐时,她就悄悄移动到这里,然后躺在地上——就是这样。"

"原、原来如此。"也就是说,方才的搭讪以及右手的性骚扰,都是这场戏的一环。这么想来,丽子觉得做出真实反应的自己是个傻子。不过比起这个……

"警部，刚才那个'咚'的一声到底是怎么一回事？"

"嗯，跟我来吧，我展示给你看。"

警部向她勾了勾食指，仿佛在邀请一般，迈出步伐。丽子与若宫刑警两人紧随其后。三人前往停车场另一侧五层高的白色大楼方向。铁丝网围栏将高楼与停车场分隔。警部看着围栏的另一侧，然后指向地面。

"看，就是这个。"

丽子凑上去察看，被装得鼓鼓囊囊的白色袋子掉在地上。是沙袋，三个沙袋被绳索绑在一起。

丽子抬头打量起这个耸立在眼前的白色大楼。楼顶看不见栏杆之类的东西，只有中央竖着一根杆子，估计是避雷针。

"是这个从楼顶掉下来的沙袋发出了巨响吧？"

"就是这么一回事。"

"有人在楼顶？这个人掐准时间将沙袋推了下来？"

"不，并非如此。让沙袋掉下来这种事，不需要有人待在楼顶。只需将沙袋放在楼顶的边缘，调整到一个即将掉落的位置就行。而且，宝生君你仔细看。这些沙袋是不是绑着细长且透明的钓鱼线？伸长的那一端线头被我偷偷握在手中。我只需在合适的时间，将线一拉，放在楼顶的沙袋就会失去平衡，掉下来后发出'咚'的巨响，地面也会轻微震动起来——就是这么一回事。"

"顺带一提，前辈。这座白色大楼以前是个商务酒店，但是在一年前倒闭了，至今都没人愿意接手。所以它跟废墟没什么两样。"

"也就是说,任何人都能进入楼顶了?"

"通往楼顶的室外楼梯在一楼的位置有一道被锁住的铁门,不过可以强行翻过铁门。只要翻过铁门,就能利用室外的楼梯与脚手架进入楼顶。不过,这里与立东楼不同,只有避雷针和蓄水箱,并没有栏杆之类的东西,是一个宽阔的空间。总之,如果提前做好准备的话,谁都能进入楼顶——是的,哪怕是风祭警官都能办到。"

"是吗?那么凶手也能做到。"

"喂喂喂,小猫咪们,说话能不那么刻薄吗——不过我现在心情很好,就不跟你们计较了。"

风祭警部对"小猫咪们"的嘲讽一笑置之,然后说出结论。

"昨晚发生的案件中,报案的中年男子,恰好在晚上十点整听到了'咚'的声响,紧接着在杂居楼附近看到倒地身亡的富泽俊哉。这位中年男子就下意识地认为富泽是在这个时间段从楼顶坠楼身亡的。但事实并非如此。富泽的死亡时间在晚上十点之前,起码比村山圣治前往杂居楼楼顶的九点四十五分要早,因此当时的村山并没有在楼顶看到其他人的身影。为何富泽会从除村山外没有其他人的楼顶坠楼身亡——本案正如我们所看到的一样难以破解,要想合理解开这个谜题,只能通过我刚刚展示的那种方法。"

接着,警部提出了一个假设。

"比如说犯人在昨天晚上九点半到九点四十分之间,将富泽从楼顶推下，随后立刻离开楼顶。在晚上十点整，犯人让沙袋之类的重物从白色大楼的楼顶坠落。通过这种方法，让人们误以为富泽的坠落时间是晚上十点整。嫌疑人在行凶后，就将掉落在铁丝网另一边的沙袋悄悄地带走了。"

"原、原来如此。"对于警部说明的时间诡计，丽子虽然很不甘心但有些佩服。的确，如果嫌疑人使用的是警部所说的手法，富泽坠楼而亡的谜题也就迎刃而解了。不对，凶手也只能使用这个手法吧？老实讲，虽然丽子不理解警部为何要特意使唤新人部下也要坚持完成"示范"，但警部的推理完美地解开了本案中的诡计。有着如此感想的丽子顺势问道。

"那么嫌疑人是谁呢？如果杀害小野田大作的是富泽俊哉，那么通过这种诡计杀害富泽的究竟是谁？"

警部缩起肩膀，缓慢地摇头。

"那个，宝生君……如果知道嫌疑人是谁的话，我也就不会如此辛苦了……"

7

"总之，就是这么回事。"

宝生丽子轻语道，然后将手中的红酒杯缓缓倾斜。今晚她享用的是2001年的拉图古堡干红葡萄酒。这是法国波尔多酒庄的珍品。时间已经过了晚上十一点。暂时从繁忙工作中脱身的丽子，脱掉工作时的黑色西装，换上大小姐风格的粉色连衣裙。她躺在客厅的沙发上，对旁边待命的管家详细地诉说着案件的经过。

"影山,你怎么看?"

听到丽子的问题,影山用中指推了推鼻梁上的眼镜。

"风祭警部从总部归来后,果然和从前不大一样了。从另一幢高楼扔沙袋下来,使人误判被害人坠落的时间,这个想法十分有趣。我也想亲眼看风祭警部示范这个奇特的诡计。"

"这样啊,"不论这位管家以怎样的目光"看"此事,在丽子眼里都只是一出闹剧罢了,"你对警部的评价很高啊?"

"当然了,我其实很想称赞大小姐一下,但听了您刚才的说明,那个、该怎么说呢?大小姐您、说真的、没什么特别的……"

管家故意支支吾吾说着这番话,丽子则用杀气腾腾的眼神看着他。

"怎么了,影山,你想说我没有任何值得夸奖的地方吗?"

"不不不,我可不敢,"影山连忙摆摆手,"自我感觉过于良好的上司以及没心没肺的后辈,大小姐夹在他们二人之间孤军奋战。每当想到您英勇不屈的样子,影山我就忍不住,嘻……忍不住为之感动……嘻嘻。"

"你笑什么笑!你其实是在嘲笑我吧?"

"不,我没有笑。我怎么敢嘲笑大小姐呢?"

"是吗?那就好……"

听到这里,丽子收起攻击的姿态。出言不逊的管家也松了口气。

丽子斜着眼睛看向管家。

"影山,你是怎么想的?警部示范的诡计正确吗?"

"关于富泽俊哉在除了村山圣治外再无他人的楼顶坠楼身亡这件事,如果想说明这个难解之谜——如果只是想说明这个谜题,或许会用到警部所示范的那个诡计。只不过……"

"只不过?"

"如果将同一天晚上发生在'锦町公寓'四楼中的小野田大作被害案一同考虑的话,警部想到的诡计效果就不好了。公寓的强盗杀人犯被其他嫌疑人杀害,还从正对面的杂居楼楼顶坠楼身亡,还使用了让人对坠楼事件产生错误认识的诡计——究竟是谁为了什么,如此大费周章地做?"

"不知道。但这应该是某人算计好的吧?"

"我不这样认为,"管家果断地摇头回应,在丽子面前竖起一根手指,"我要向大小姐确认一件事。"

"嗯?什么事?"

"锦町公寓的公共玄关肯定装有防盗摄像头吧。摄像头是否拍下富泽俊哉的身影?是否拍到富泽出入公寓的身影?"

"对对对,这一点确实奇怪!"丽子再次看向影山,说出先前忘记讲的内容,"公共玄关的确装有防盗摄像头,但没有拍到富泽的身影。我们也考虑过富泽乔装后进入公共玄关的可能,但富泽凭借攀岩锻炼出的健硕体格十分显眼。就算能遮掩面部,他那强壮的身体也难以隐藏。但是无论我们看了多少遍防盗摄像头的录像,都没有看到疑似富泽的健壮男性。这到底是怎么一回事?难道入侵401号房间的强盗杀人犯不是富泽吗?但作为凶器的刀确实藏在富泽身上啊……"

完全看不清案件发展方向的丽子,在思考的过程中喝了一口红酒。

站在她身旁的黑衣管家则露出恍然大悟的神情。"原来如此,是这么一回事啊,"他用力点着头,加重语气说道,"这样的话,就不能如此悠哉下去了。与两个案发现场都相邻的白色大楼——曾经的酒店,现在成为废墟的那个五层楼建筑——我觉得有必要仔细调查一下那座楼的墙壁。"

"啊?"白色高楼的……墙壁?

听到这个突如其来的建议,丽子拿着红酒愣住了。影山则用手指轻轻推了下时尚的眼镜框,用催促般的眼神看向丽子。丽子敏锐地察觉到他眼神的含义,指着自己的脸问道:"什么?你是说我?你是让本小姐去调查吗?现在去调查那个白色高楼的墙壁吗?"

"正是如此。除了您,没有别人能做到此事。"

"不是还有你吗?要这么说的话,你为什么不自己去调查?"

丽子伸手一指,影山动作灵敏地躲过她手指的方向回答道:

"说来惭愧,我只是一介管家,不是专业的搜查员。要是由我前往现场,也不清楚会做出什么事来。为了敬爱的大小姐,从捏造证据到篡改证物,影山我必定会不择手段——大小姐,如果这样您都不介意的话?"

"嗯,你说的也是。"虽然听他说"敬爱的大小姐"时,丽子不免有些感动,但捏造证据以及篡改证物都是不可为之事。丽子只能叹着气点头同意。"知道了。明天我就去调查,虽然还不知道能查出些什么。"

"不,大小姐,您已经没时间悠闲地说这些梦话了。"

"谁说梦话了?干什么这么着急?有什么事吗?"

丽子皱起眉头,一旁的影山不知何时拿出平板电脑,他看着屏幕然后装模作样地用急迫的语气说道:

"关东地区预计今晚到明日有雨。特别是国立市和立川市附近,局部有强降雨。在大小姐悠闲地享用昂贵的红酒时,说不定那邪恶的乌云已经笼罩在案发现场的上空,现场周边将会下起倾盆大雨。啊啊,如此一来,现场残存的珍贵的嫌疑人痕迹会被暴雨无情地冲刷走……大小姐,这样下去真的好吗?"

"这,肯定是不好了……"但是在此之前,你到底在说谁"悠闲地享用昂贵的红酒"?你不要趁机说些莫名其妙的话好吗?

不高兴的丽子将玻璃酒杯砸在玻璃桌上,鼓起劲儿地站起来。"知道了,我这就去。我这就给你去一趟!虽然不知道白色大楼的墙壁上有什么痕迹,但挺有趣的。"

"大小姐,一路小心。"

管家毕恭毕敬地点着头,丽子的视线几乎能射穿他。

"啊?影山,你说的话是什么意思?你是让我独自前往现场吗?我可喝醉了,现在晕晕乎乎的……不对,应该是烂醉如泥了……你看。"

说完这话,丽子便表演起计算好的酒后摇晃动作,强调自己已经酩酊大醉,不留情面地命令自己忠诚的仆人:"影山你现在立刻把车开出来。接下来要开展深夜的机密搜查。明白了吗?"

"真拿您没办法。请您稍等，我立即去准备。"

影山一脸无奈地将手放在胸前，向丽子恭敬地行了一礼。

8

没过多久，立东楼与锦町公寓之间的停车场里，一辆引擎轰鸣的德国轿车停了进来。漆黑的车身几乎与黑夜融为一体，车灯则如眼珠般闪烁着光芒。只要看到这个独特的外形，就算不是车迷，也能一眼猜出这是最新款的保时捷。

发动机的轰鸣声刚停，副驾驶的车门便被轻轻打开。独自从副驾驶座上走下来的人是宝生丽子。刚刚还在客厅的大小姐摇身一变，再次换上一身黑色装束。但与平常工作时所穿的黑色西装不同，这次是黑色骑士皮外套以及黑色皮裤。这是很时髦的衣服，时髦到穿着这身衣服融入黑暗之中，即便潜入某栋豪宅偷偷搜罗宝物也不会觉得是什么稀罕事。

丽子谨慎地环视四周，确定停车场内除了停着的几台汽车外并没有人后，才满意地快步走向前方耸立的白色大楼。

停车场与白色大楼之间用铁丝网围栏进行分隔。丽子站在铁丝网前，缓缓按下LED手电筒的开关。耀眼的光圈照亮了眼前的墙壁。

墙壁表面是涂有白色油漆的混凝土墙。即便如此，这座建筑物也早已沦为废墟，近看就会发现墙壁上既有污渍又有裂痕。丽子并没发现影山所说的疑似凶手留下的痕迹。她不禁抱怨道：

"话说回来，为什么偏偏在这座建筑的墙壁上会留下凶手的痕迹啊？为何不是在杂居楼也不是在公寓里，偏偏在废墟的墙壁上？"

事到如今，丽子只得小声表达怀疑，但还是仔细观察着墙壁以免错过任何蛛丝马迹。LED的光圈慢慢横着扫过，接着又竖着扫过。随着丽子口中发出的一声"嗯？"，光圈也静止在墙壁的某处。

"那是……什么？"

站在铁丝网旁边的丽子凝视起来。下一秒，她急忙转过身跑向保时捷的驾驶座。她将脸探进打开的车窗里，朝管家喊道："影山你在干什么啊……现在不是玩填字游戏的时候！"

丽子从管家手中夺过填字游戏的书，命令道："梯子！给我准备梯子或者脚手架！"

即便是万能管家，在听到这个要求后也不免露出为难的表情。影山这才打开车门下了车。

"大小姐，实在很抱歉，无论是梯子还是脚手架，我都无法为您准备……"

"真是的，真拿你没辙！"丽子双手叉腰气愤地说道。但很快她灵光一现并笑了起来。她立即将解决方法告诉影山。"影山，对不住了，能把你的肩膀借我一下吗？别担心，没事，没事的！我绝对不会趁机做什么坏事的！"

几分钟后——

丽子强行说服抗拒的管家，翻过铁丝网的围栏进入白色大楼，以不自然的姿势趴在白色墙壁上。

所在的位置是白色大楼中央附近。距离杂居楼与公寓楼之间的距离大致相等。她左手扶着墙壁，右手拿着 LED 手电筒向头顶照去。丽子脚下是双脚踩地拼命挺直站稳的管家。他变成了丽子的"梯子"或是"脚手架"，用双肩拼命支撑着丽子全身的重量。

"喂，影山，你别晃！我应该没那么重吧？"

"是、是的。大小姐您一点都不重……不过要是您愿意脱下鞋子的话……"

影山双手撑着墙壁，挤出痛苦的声音。丽子高跟鞋的鞋跟正毫不留情地扎进他的肩膀。

丽子在他肩膀上保持着平衡说道："可、可是，这也是没办法的事啊！我不想被人看到脚底，这比被人看到肚脐眼还要丢脸……"

"怎、怎样都无所谓了，"影山像是打心底觉得怎样都无所谓般地说道，"比起这个，大小姐您找到想要确认的东西了吗……"

"唉？啊啊，对啊。"丽子仿佛才想起来般抬起头，重新将 LED 的灯光对准上方。因为离墙壁更近，看得也更清晰。在光圈里浮现出一个红棕色的污渍。丽子胜券在握般地点着头。

"不会有错的，这是干掉的血迹。白色高楼的墙面上留有血迹——影山，这就是你所说的凶手痕迹吧……但这到底是怎么回事？为何在这种地方会有犯人的血液……不过比起这个，凶手到底是谁？……是富泽俊哉，还是杀害富泽的另一个凶手？啊啊，我完全搞不明白……"

"大、大小姐，您能别在我肩膀上思考问题吗？"可怜的管家在丽子脚下发出喘息，"我、我的肩膀，已经撑不住了！"

"啊啊，对不起，一不小心就……那我先下来了。"

话音未落，丽子便发出"嘿"的一声，踩着黑衣管家的肩膀用力跳了下来。再度受到重创的影山"呜啊"一声，发出了管家本不该发出的声音。丽子则在瞬间完美地着陆，她挺直身板面向影山。

"所以说影山，这到底是怎么回事？为何血迹会出现在那么高的地方？这到底是谁的血？"

丽子发出连珠炮似的问题。眼前的影山双手抱肩，维持着这个姿势喘了一会儿。很快他又摆出平常的平静表情说道：

"大小姐，您还看不出来吗？"

他叹气道，然后直视着丽子的脸。

"您这样的话，即便找到这难得的线索也是白费工夫。不如说是'对大小姐弹琴'。"

寂静的白色高楼的墙壁边，丽子的尖叫声瞬间打破了这份沉寂。

"你、你说什么？"丽子无法对这种事置若罔闻，面对眼前这个出言不逊的管家，她逼问道，"你说什么？对谁弹琴呢？影山你再说一遍！"

"所以我说了，是'对大小姐弹琴'……"

"用不着把这话说两遍！"蛮不讲理的丽子，愤怒地走到影山身边，然后拍打着他的胸口处说，"你想说我是猪吗？是想说本小姐是猪吗？说本小姐是有眼无珠的猪吗？"

"那个……大小姐，很抱歉打断您，您想表达的应该是'以珠示猪'吧？我想说的其实是'对牛弹琴'……"

"不都一样吗？"实际上并不一样，但是丽子不愿意承认自己的错误，二话不说地喊了起来，"你想说我是马吗？想说我是纯血马吗？"

"嗯，某种意义上来说，大小姐您的确是货真价实的纯血马……"

"虽然，你这么说也没错。"不知为何，丽子好像接受了对方的说辞。不对，并非如此！重新进行思考的丽子摇着头说道："你到底想说什么？你是想说我是匹珍贵无价的母马吗？"

"不，我并没有说您是母马。只是，难得眼前出现这么珍贵的线索，大小姐却不知道其中含义是什么。所以我才不小心说出内心的想法，认为这是在'对大小姐弹琴'……"

"不要再说第三遍了，笨蛋！"怒火中烧的丽子，咆哮声响彻立川市的夜空，她指着毒舌管家的胸口说道，"不然又能怎样啊。你知道那个高度上的血有什么意义吗？知道的话就解释到我明白为止。"

"好的，大小姐……"管家回答道，然后将右手放在黑色西服的胸口处。

9

然后，又过了几分钟……

再次越过铁丝网围栏回到停车场的影山，指着白色高楼的墙壁缓缓开口道："在解释留在那个位置的神奇血迹之前，必须先考虑一下锦町公寓防盗摄像头的问题。"

"话题扯得够远的。公寓的防盗摄像头怎么了？"

"结合各种证据判断，杀害小野田大作的凶手，十有八九就是富泽俊哉。但不知为何，公共玄关的防盗摄像头并没有拍到富泽的身影。这意味着什么？——答案很简单。富泽并没有在防盗摄像头的前面经过。他大概不想让自己健壮的身体被记录下来，所以有意避开防盗摄像头。对有杀人企图的人而言，这种顾虑是正常的。"

"确实，很少有犯罪者会光明正大地从防盗摄像头底下走过。但这究竟是怎么一回事？如果富泽没有走公共玄关的话，那他是怎么进入公寓的？如果是普通的公寓楼，或许可以从一楼的阳台潜入，但'锦町公寓'的一楼是便利店，这个方法行不通。难不成他是利用绳索爬到二楼以上的房间？但是这个大胆的方法太过冒险了。无论是从停车场里还是从马路上都能清晰地看到公寓阳台。不知什么时候就会被其他人目击到。"

"您说得很对，"影山静静点头，"大小姐的推理恐怕是正确的，富泽的确是通过绳索入侵公寓的。但问题是，那条绳索究竟是从哪里绑到了哪里……"

说到这里，影山的视线在耸立在停车场两侧的高楼——公寓与杂居楼——这两幢建筑物之间缓缓地来回打量。看到这一幕，丽子一下子就想明白了。

"我知道了,是立东楼对吧?将绳索从杂居楼的楼顶拉到公寓的阳台。富泽顺着绳索就能入侵公寓。是这样吧?"

丽子气势十足地断言道。影山却露出笑容。

"不,很遗憾,大小姐,您全都说错了。"

"什么?"

——那你为什么意味深长地看着这两座楼啊!心眼太坏了!

丽子觉得自己完全被骗了。影山则露出一脸阴谋得逞的表情,若无其事地继续道:"从公寓阳台用绳索拴至另一栋楼的楼顶,这种想法着实不错。但这种方法,并不适合立东楼。杂居楼内有许多租户,没人知道何时会有人进入楼顶。凶手应该也充分考虑过案发当晚会有像村山圣治那样的人突然上去抽烟的情况。要是有人在楼顶的栏杆处发现奇怪的绳索该怎么办?一旦暴露,凶手的犯罪计划就会瞬间落空。所以绳索的一端并不在立东楼。"

"的确是这个样子。那么……啊啊,我懂了!"

丽子这次想明白了。答案其实很简单,如果不是坏心眼的管家用视线故意误导,丽子或许最开始就能得出答案。丽子指向眼前的废墟说道:

"是这个白色大楼吧。富泽从空无一人的建筑物顺着绳索入侵到公寓。白色高楼上虽说没有栏杆之类的东西,但是有避雷针,绳索可以绑在这上面。只要有绳索,他就可以顺着绳索入侵公寓——但是等等,绳索的另一侧究竟拴在公寓的哪儿?公寓的楼顶可没有供人出入的地方。如此一来,绳索的另一侧只能拴在公寓某处的阳台。那么,也就是说……"

"正如您想的那样，大小姐，"影山认真点着头，"公寓里有富泽的共犯。如果没有这个人的协助，富泽无法在两座建筑物之间拉起绳索。"

"的确是这样。既然如此，谁是富泽的共犯？"

"这个共犯有两个作用。一个是帮助富泽入侵公寓。另一个是让顺利入侵公寓的富泽进入大作先生居住的 401 号房间。如果没有此人协助，在那么晚的时候，富泽恐怕很难进入大作先生家的玄关。"

"原来如此。也就是说共犯是被害人的熟人？"丽子小声低语的瞬间，脑海中突然浮现出一位女性的身影，"难不成，是被害人的侄女小野田绿……"

"这也只是推测，"影山慎重地说道，"或许，三楼还有什么人跟大左先生交情不浅，存在其他人是共犯的可能。"

的确，目前的结论只是推测。但是仔细想来，小野田绿有杀害大作先生的动机。小野田绿是小野田大作先生为数不多的亲戚之一。如果小野田大作先生发生什么意外，小野田绿就有机会得到他的遗产或者死亡赔偿金。这个动机足以让小野田绿协助富泽作案。不，甚至有可能是小野田绿怂恿富泽，实施这个杀害叔叔计划……

想到这里，丽子重新看向眼前的管家。

"假设本次犯罪是由富泽俊哉和小野田绿两人共同实施的，那么案件的过程又是怎样呢？昨天晚上，这里究竟发生了什么？"

丽子指着他们所在的停车场地面问道。影山继续说明。

"昨晚，在锦町公寓和白色大楼之间，拉起了一根结实的黑色绳索。绳索绕在了公寓402号房间，也就是小野田绿房间阳台的栏杆，以及竖立在白色大楼中央的避雷针之间。"

"绕也就是说一根绳索成了环状？"

"是的。这样在犯罪结束后会更容易回收。凶手们估计也是这么想的。拉扯绳索的详细步骤我就不再赘述，不过有一点很重要，"影山竖起一根手指，"绑成环状的绳索必须固定在阳台的栏杆上。如果不这样做，绳索就会自行脱落，导致无法攀爬。"

"如果绳索会晃动，人也就无法前行了，这点我理解。然后呢？"

"在一切都准备就绪后，富泽便通过白色大楼楼顶的绳索，爬向斜前方的公寓。由于此事发生在停车场的上空，不仔细看很难发现爬行的富泽。"

"富泽平常就借助攀岩锻炼身体，应该具备顺着绳索爬向公寓的臂力。只是这个过程十分危险，富泽本人有准备以防万一的安全绳吗？"

"虽然他没有准备安全绳，但系在他腰部的粗皮带应该能起到保险作用。只要将绳索穿过皮带，哪怕攀爬过程中不小心松开手，也可以避免坠落。所以他应该是沿着绳索从白色大楼爬进了公寓四层。"

"富泽在到达402号房间后，就前往401号房间杀害了大作先生吧？"

"是的。如果是大作先生的侄女按响门铃，大作先生会毫不怀疑地打开房门。此时，富泽拿着刀强行闯入房间，扭断大作先生的脖子，将刀扎入胸口。采取这种残暴的杀人手法是为了做出'犯人是男性'的误导，作为女性的小野田绿的嫌疑就会被排除。此外，富泽与大作先生没有见过面，也就不会被视为嫌疑人。我想两人是想通过这样的合作逃避嫌疑。"

"原来如此，讲到这里我都理解了。不过重点在后面，在公寓401号房间杀害大作先生的富泽，为何会摔死在杂居楼附近？这一点我不明白。"

这个疑问令丽子歪着头。影山则继续平淡地解释着事件的来龙去脉。

"富泽俊哉与小野田绿两人在行凶后，先是回到小野田绿的房间。然后富泽再次借助绳索，爬回白色大楼的楼顶——按照计划应该是这个流程。"

"也就是说，事情没有按照计划进行了？两人之间是发生了什么吗？"

"根据我的猜想……"影山慎重地用这句话引出接下来的一番推理，"两人之间发生的事情，其实就是背叛。正当富泽拼命向白色大楼爬去时，小野田绿拿出提前准备好的刀，切断了绳索。"

"怎么会这样！"丽子不由得打了个冷战，"也就是说，是小野田绿杀了富泽！"

"是的，这样做不只是为了灭口，还能将这一切伪装成是富泽犯下的强盗杀人案。恐怕小野田绿认为在切断绳索后，富泽会笔直地坠落，摔在公寓旁边的地面上。到时候他呈现的，就是一个潜入公寓的强盗顺着阳台移动时，不慎失足坠楼身亡的样子——小野田绿估计是想到了这点才切断绳索。但是下个瞬间，发生了一件让她意想不到的事情。"

影山的声音前所未有地让人紧张起来。丽子声音颤抖着追问道：

"发、发生了什么？"

"其实很简单。绳索被切断后，本应该径直坠落的富泽，却瞬间用力抓住绳索，维持着这个状态没有松手。如果你是富泽的话，估计也会采取同样的做法。但是这个情况引起的后果令人意外——大小姐或许已经猜到了吧？"

"嗯、那个……小野田绿在公寓的阳台切断了绳索，但富泽没有松手。也就是说……"丽子看向公寓的四楼，在脑海中想象富泽的样子，"富泽就像挂在超长钟摆下面的重锤，用身体勾勒出一条巨大的弧线，然后撞向白色高楼的墙壁……啊！我懂了！"

瞬间，出现在丽子眼前的东西，是先前发现的那个神秘血迹，也就是出现在白色大楼的墙壁高处的那个奇怪血迹。丽子打开LED手电筒的开关，照着血痕尖叫道："富泽的额头在撞上墙壁的时候，受伤出血了！墙壁上的血迹就是在那个时候留下的！"

丽子这时才突然想起来，富泽尸体的额头上，确实存在一个并非坠楼导致的其他伤痕。伤痕看起来像是被某种平板状物体击中造成的，这也成了富泽死于他杀的根据。此时丽子终于理解那道伤口真正的意义。那道伤口并不是被人殴打后产生的，而是富泽自己撞上平坦的墙壁造成的。

"大小姐,您说的很对,只是……"管家说到这里,有些吃惊地耸了耸肩,"富泽的执念也真是惊人,就算额头撞上墙壁,也不愿意松手。"

"是、是啊……要是那时候松手,或许还能捡回一条命吧。"

"对,正是如此……"影山露出同情的眼神继续说道,"但事实上,富泽没有松开绳索。那么后来又发生了什么呢?富泽的身体撞到白色大楼的墙壁后,受反作用力弹了出去,朝立东楼荡去……"

"也就是说,富泽在撞上墙后又弹出去了。正因为如此,钟摆运动的方向发生了变化。从公寓荡向白色大楼的钟摆,又从白色大楼荡向立东楼……"

"是的。后来富泽终于筋疲力尽,松开绳索后的他立刻落向地面。所以发出'咚'的一声巨响的地方,并不是公寓或者白色大楼附近,反而是在杂居楼附近的地面上。富泽后脑受到强烈的撞击当场死亡,随后中年男子便发现了他的尸体,造成了富泽看上去是从立东楼坠楼身亡的假象——就是这么回事。"

"的确,从尸体坠落的地点来看,不会有人认为他是从锦町公寓四楼坠落的。更何况他还在白色大楼的墙壁上发生弹撞,这种事压根就想象不出来。"

听到这个出乎意料的真相,丽子不禁愣住。影山看着她继续说道:

"另一边,村山圣治当时正好在立东楼的楼顶上抽烟。他当然不知道楼下发生了什么。所以在接受警察问询时,他才斩钉截铁地说案件发生时，立东楼楼顶只有他一个人。所以才出现了这个无法解释的情形：富泽从一个明明有人在却又没人发现他的楼顶坠楼身亡——本案就是这么回事。"

就这样，影山凭借敏锐的观察力，解开了富泽坠楼案的真相。

但丽子依旧有想不明白的地方。她特别在意在这次离奇的坠楼事件中出现的小野田绿。丽子便对此事追问道：

"当看到富泽坠落到立东楼附近时，她是怎么想的？"

"估计觉得富泽已经死透了。但她并不知道在立东楼的楼顶还有一个叫村山圣治的人在。此时她想的应该是——应该可以将富泽坠楼身亡伪造成在立东楼那边发生的事。为此她必须迅速收回绳索。"

"为了方便回收，绳索事先就绕成圈了吧。"

"是的，绕成圈的绳索在某处被切断，被切断的那一头顺着白色大楼楼顶的避雷针垂挂在墙上。另一端则落在锦町公寓402号房间的阳台。如此一来，只要在阳台拉扯绳索便能将其全部收回。她应该是在发现尸体的中年男人专心拨打110的时候，趁他不注意收回了绳索。"

"最终小野田绿没有被任何人发现，成功地收回了绳索？"

"是的，所以今天在大小姐打听情报时，小野田绿装出无事发生的样子，回答了问题，还亲自'发现'叔叔离奇死亡的尸体。"

"嗯，原来是这样，"不禁发出感慨的丽子突然想到一件事，于是向身边的管家问道，"影山，小野田绿把绳索处理掉了，还是将它藏在了402号房间里?"

"关于这一点,我也无法准确判断……"管家慎重地回答道,"收回的绳索相当有分量。如果要将绳索带出公寓,势必要抱着巨大的行囊通过公寓的公共玄关。如果这样的话,她的身影……"

"防盗摄像头肯定会记录下来!"丽子抢过影山的台词,"但是根据我们的检查,摄像头并没有拍到她这种不自然的身影。也就是说,绳索很有可能还藏在她家里!或许她是想等风波过后,再偷偷处理掉吧。"

"不愧是大小姐,您的洞察力真是无比优秀,"影山肉麻地说完这句台词后继续说道,"那么接下来就简单了。只需监视小野田绿的行动,在她准备处理绳索时当场抓捕她,那会变成最有力的铁证。"

"的确是这样。我知道了。不过影山,虽然你刚完成推理,但不好意思……"

说完这句话的丽子,向自己忠实的管家下达了新的命令:"今晚的秘密搜查要再延长一会儿。咱们就这样监视着锦町公寓吧。万一小野田绿在今晚就抱着巨大行囊出来了呢?"

"是,的确有这个可能……"管家不情不愿地点点头,镜框里的双眸几番闪烁,他将手放在胸前,"那个,大小姐,我也要一起监视吗?监视那座公寓?在这里?直到天亮为止?"

"对啊,有什么意见吗?"丽子用可怕的眼神看向身旁的管家,开朗地说道,"这不是挺好的吗?你看,至少我们还有辆车。"

从某种意义上讲,通体漆黑的保时捷的确很适合用来在夜间盯梢。

面对乐观的大小姐,影山面有难色地摇了摇头。

"真是遗憾,今晚我还为大小姐准备了特制鹅肝茶泡饭作为夜宵……"

"不需要。"而且"鹅肝茶泡饭"是什么东西?能好吃吗?

虽然她也很想尝一下,但还是有机会再说吧。丽子以不由分说的语气命令道:"听好了,今天晚上要通宵。说不定今晚就能抓到一条大鱼。嘻嘻。影山,我好期待啊。"

充满期待的丽子不由得笑出了声。影山则有些垂头丧气,完全是一脸投降的表情。他无奈地叹了口气说道:

"遵命。我很乐意陪大小姐一同监视。"

第四部　五个闹钟

1

周二早上九点前，结束完立川市夜勤工作的泉田龙二与同事寺川护在 JR 国立站下了车。前往市中心上班的公司员工们成群结队地拥向站台，二人激流勇进般地前行，很快便来到站前的环形交叉口。在他们眼前延伸出去的是象征着国立市的大学路。四月盛开的那些樱花树，到了七月便摇摆起绿叶，在道路两旁形成凉爽的树荫。

泉田一边沿着这条路直行，一边对身旁的同事说道：

"我说寺川，难得有机会，要不去我家坐一会儿？我家就在附近。"

"是吗？"寺川躲开前往车站的人群说道，"话说，这附近的房租不是很贵吗？总之，国立市可是名流居住的地方，还有知名艺人住在这里，你应该也很辛苦吧？"

虽然寺川这样说，但他所居住的公寓距离此地其实也只需要步行十五分钟左右。离他家最近的车站是国立站，不过根据行政区域的划分，他家属于国分寺市。他本来是想住在这里的，但咨询过房租后，最终还是决定住在那边。寺川看上去对此十分不解。和自己在同一职场做着相同工作的泉田，为什么能在国立站附近租房呢？泉田脸上露出微笑，随即揭晓了答案：

"虽说是我家，但并不是公寓或者高级居民楼，实际上就是合租房。所以即便是地方公务员，只有微薄的薪水也能轻松租到房子。"

"原来是这样，还能这样啊，"寺川用手打了一个响指，立即用充满好奇的眼神看向泉田，"所以说，那间合租房里，有女生吗？"

"当然有了。现在有两个人。一位是女大学生，另一位是护士……"

"护士！"寺川不知为何用仿佛获胜一般的嗓音说道，"这也太棒了吧！"

这有什么可棒的？嗯——原来比起女大学生，这个家伙更喜欢这种类型，"顺便说一下，男性除了我之外还有两个人。一位是无业游民，另一位是自由撰稿人……"

"不必了，我并没有问你关于男性的事，"寺川很干脆地打断泉田的话，像个男人似的，应该说展示出雄性最真实的一面，"你先给我说说关于护士的事吧。那个妹子是美女吗？多大了？好看吗？是个美人吗？"

这个家伙估计只对外貌和年龄感兴趣。这一点确实很雄性。

泉田从大学路走进小巷，模棱两可地回答道："这个嘛，年龄和咱们差不多，都不到三十。至于好不好看，就各花入各眼了。"

客观去看，住在合租房里的女护士松本雪乃，确实可以归在美女那类人中吧？泉田多少有些不放心，他不知道应不应该让雪乃直接与这个"超喜欢护士的男人"见面。

紧接着泉田又觉得：不过，应该不会有什么问题吧。

他回忆着昨晚的事，泉田准备出门上夜班时，在合租房的玄关处，恰巧遇上了同样准备外出的松本雪乃。听她说，她好像是被任职的那家医院紧急叫去工作的。"今晚估计是要熬夜了……"表情阴沉的她如此说道。泉田用"加油吧"这种毫无责任可言的话鼓励她，然后先一步走出玄关，前往属于他的职场。

记得那时刚过晚上八点。那么说的话……

"哇哈哈哈，真是可惜了，寺川。根据我昨晚对那位女护士的观察，她现在应该还没有回家。即便回家了，由于熬夜到天亮，现在这个时候应该还在床上呼呼大睡呢。"

"这样啊。那我回家了，明天见……"

"喂喂，你等一下！你瞧瞧，已经到了。你看，就是那栋楼。"从大学路走过几条小巷后便是那栋楼所在的位置。这栋楼的外形上像是一户建的大房子，乍一看并不觉得是合租房。门柱上的银色牌子上写有"日暮庄"。和泉刚走进日暮庄区域内，便冲同事招手道："难得走到这里，就进来坐一会儿吧，起码喝罐啤酒嘛。"

"也是。你都这样说了，我就进去喝一杯……不，应该是坐一会儿吧。"

泉田一边对同事那种势利眼的态度露出苦笑，一边拿出自己的钥匙，将公共玄关处的大门打开，然后脱鞋进入，寺川也跟着他走了进去。寺川迅速看了眼一楼的公共客厅，但不见一人。

"住户全都在二楼。"

泉田说罢，就带着寺川前往二楼。但就在上楼的时候，寺川突然发出了"咦"的声音："这是什么动静？"

这个声音即便不用耳朵去倾听，也能感觉到从某处传来了奇怪的声音。那是铛铛铛的金属声以及噜噜噜的电子声响。是这两种声音混合在一起的声响传到了楼梯处。泉田哼着鼻子说道："应该是某人房间里的闹钟在响。估计是两个闹钟同时在响。"

走到二楼后，这两种声音变得更加清晰。多半是从顺着走廊走两步便能到达的第二个房间——也就是二号房间传来的声音。

寺川用手指向写有"2"的房门，吃惊地说道：

"什么？真有勇士听到这么大声音还不起床吗？这究竟是怎样的一个家伙啊？"

"人家可不是什么家伙，是松本雪乃小姐。这就是那位护士的房间。"

"这样啊，那么这种事经常发生吗？"寺川低声说道，"即便两个闹钟都在响，护士小姐也很难醒来吗？"

"是的。她早上起床很困难，时常会有这种情况出现。奇怪，松本小姐昨晚不应该在医院值夜班吗？"泉田纳闷地站在房门前，用拳头轻轻敲门，冲房间里呼喊道："松本小姐——闹钟稍微有些吵啊……"

但是门内并没有传来回应，寺川的眼睛突然一亮。

"喂，泉田，你试着将这扇门打开。现在情况不太对劲，我们要争分夺秒。"

"即便如此，你这个家伙八成是想偷窥护士小姐的私人空间吧。"

"是的，"寺川很直接地点头说道，又在下一个瞬间迅速摇头，"不，我确实这样想，但也不全是这样。或许护士小姐在房间里正陷于身体无法动弹的状态呢？诸如突发恶疾之类的。我知道了，你要是犹豫不决的话，就让我进去看看吧！"

"寺川，你等一下。你这个毫无关系的人，打算就这样打开年轻女性的房门，然后偷窥里面吗？这可是实实在在的犯罪啊。这样做真的没关系吗？"

"什么？没问题的。其他人要是这么做的话有可能是犯罪，但对咱们来说可是分内的事，就包在我身上吧。"寺川用拳头敲着自己的胸膛，随即摆出一副刚刚没上过夜班似的端正表情。他大声冲门内喊道："我是立川站西口派出所的警员寺川护。由于事态紧急要将这扇门打开——那我就打扰了！"

寺川用右手抓住门把手，用力向外拉。门好像并没有上锁，很轻松地就被打开了。与此同时，两种闹钟的声响也更加吵闹，二楼的整个走廊都能听到。寺川毫不胆怯地朝屋内看去。就在这个瞬间，他发出"哇"的一声惊叫。像是被这个声音引导了一样，泉田也将脑袋伸进屋内。随即，他看到了出乎意料的场景。

房间里有一张床。一位身穿T恤的女性的半截身子很不自然地从床上滑了下来。她睁着眼睛看向上面，但眼神已无生机。细长的毛巾犹如邪恶的蛇缠在她的脖子上。

"松、松本小姐！"

泉田推开寺川冲进屋内。就在这时，第三个闹钟宣告了新的时间。这次发出的不是铛铛铛也不是噜噜噜,而是有旋律的声响。时间刚好是九点十分。三种闹钟的声音响彻整个房间。

即便如此,松本雪乃也没有醒过来。泉田将耳朵贴在她的左胸,确认是否还有心跳。没有任何反应,她的心跳完全停止了。不过触碰她身体的时候,还能从雪白的肌肤上感受到一丝体温,她应该刚遇害没多久。

泉田仿佛仍抱有希望地冲同事叫道:

"喂,寺川,叫救护车,快点!"

2

在国立署对面较远处的十字路口,宝生丽子迅速从豪华轿车的后座下来,在司机兼管家的影山毕恭毕敬地喊着"愿您今日大显神威"中,丽子朝自己的工作单位走去。丽子是宝生集团的统帅——宝生清太郎的独生女,但她对同事隐瞒了这件事,每天以一名女刑警的身份辛勤工作。为了保守这个秘密,丽子总是在离国立署较远处下车。要是这辆长达七米的豪华轿车突然停在国立署的话,那么她的秘密就不再是个秘密。

"不过,今天好热啊……"丽子幽怨地看向夏季的天空。

才上午九点,七月的太阳就刁难人到这种程度,丽子突然很想将工作穿的西服上衣脱掉。黑框的平光眼镜也因为汗水差点滑落。

就在这时,丽子发现前方有一个身穿灰色西装裤的人和自己一样朝国立署走去。丽子迅速从那人身后跑过去,拍了拍她的肩膀。"早上好，爱里。"

只有在非工作场合，丽子才会对可爱的后辈直呼其名。如果是在工作中的话，丽子则会跟个前辈似的称呼她为"若宫"或者"若宫刑警"。

被叫到名字的若宫爱里刑警笑着对丽子打招呼："啊，早上好，前辈。"丽子将脸凑到她的旁边，意味深长地小声说道："那个，昨天，你看了吗？"此言一出，若宫刑警就偷笑道："看了，前辈你看了吗？"回答的语气同样意味深长。

"看了。"

"我也看了！"

二人神秘兮兮地说着话，彼此发出"嘿嘿嘿""嘻嘻嘻"的同谋者般的笑声。"没想到白木君竟然向优里娜表白了。""可是优里娜很喜欢黑崎君啊！""不过黑崎君只喜欢飞鸟……""可那个飞鸟又对白木君那么痴情……""嘿嘿嘿，看来下周不能错过了。""嘻嘻嘻，我已经预约录像了！"

在前往工作岗位的路上，二人进行了片刻闺蜜之间的交谈。话题是关于昨晚所看的电视剧《永不终结的爱恋》的内容。这个剧又俗称为《终恋》。之所以不刻意提及是哪家电视台播放，是因为它其实是周一晚上九点通过无线转播的热门电视剧。这部剧讲述了四名男女医生与护士交织在一起的四角恋爱故事。由于设定太过俗套，给观众一种会像昭和电视剧一般有跌宕起伏的发展的感觉。主人公的身世之谜，对手们的嫉妒与诡计，再加上密室杀人等豪华点缀，这部剧意外走红。从喜好恋爱小说的女生到本格推理爱好者,这部剧吸引了广泛的观众,成为当下最轰动的话题。

丽子与若宫刑警自然不可能落下。随着剧情的神奇展开,她们二人也被一点一点地拖进了《终恋》的泥潭之中。

即便如此,她们也不能一直沉迷于电视剧的话题。虽说还没有聊痛快,但二人只得将白木、黑崎、优里娜和飞鸟这四人错综复杂的关系放在一旁,从玄关处走进国立署的正门。

这时她们听到从楼上跑下来的那种嘈杂的脚步声。随后现身的不是别人,正是二人的上司——身着高级白色西装的风祭警部。和平常一样,还是花里胡哨的着装,但仔细看就会发现,西装的材质已经换成了夏季的麻布。原来是夏季版的花里胡哨。

看到二人后,风祭警部夸张地张开双臂,做出欢迎两个美丽部下的姿势,并说道:"哎呀,你们来得太巧了。"察觉到如果不加注意就会与风祭警部发生肢体接触的丽子与若宫刑警,慌张地与这位性骚扰上司保持着距离。警部顺势靠近二人,奇怪地小声说:"你们两个看昨晚的《终恋》了吗?"

由于这个问题太过意外,丽子二人被问得直眨眼睛,随后立刻回答道:

"那个啊,没有,我没有看……"

"我也是,我也没看……"

"啊,是吗?"警部的期望落空了,他那英俊的面庞露出阴沉的表情,"这样啊。也是,我也不是每周都一定会去看这个剧。哈哈哈。"

风祭警部多半是每周都会追这个剧。如果对方不是自己的上司，这里也不是警察署正门的玄关的话，应该能和他好好聊聊有关《终恋》的内容，但是这种情况是很难实现的。丽子装出严肃的表情询问上司：

"先不说那个了，警部，发生什么事了吗？你看上去很慌张。"

"啊，对了！"风祭警部像是突然想起什么，大声说道，"大学路附近的住宅区里，有一栋合租房出事了。一名女护士不知被何人勒了脖子，好像已经被送往医院了。"

"您说什么？"不过警部，在这种状况下，你竟然还能提到电视剧的内容！

"警部，亏你在这种状况下还能说出关于电视剧的内容……"

"爱里……若宫！"你又在说多余的话了！

后辈刑警一脸从容，完全不顾焦虑中的丽子。

风祭警部瞬间露出不悦的表情，随即改用紧迫的语气下达命令："总之先火速赶到案发现场。啊，宝生你搭乘我的捷豹吧。这样比较快。"

风祭警部趁乱邀请丽子，让她坐到自己爱车的副驾驶座上。

丽子坚决又迅速地拒绝了上司的邀请："不了，不用麻烦了！"然后搂着后辈的肩膀说：

"我搭乘若宫刑警的巡逻车过去。那么警部，咱们在案发现场汇合。"

3

几分钟后，若宫刑警开着小型巡逻车，载着坐在副驾驶座上的丽子，在大学路上飞驰。途中仅过了五秒钟，她们的车就被响着警笛的，处于暴走状态的银色捷豹超车了，但二人依旧很努力地赶往现场。不久，当能从远处看到国立站的时候，小车突然开进一条狭窄的巷子中。映入眼帘的是一个喧嚣的场景。一栋巨型一户建样子的建筑物周围，停靠着数辆警车，还有很多看热闹的群众。

"看样子这里就是出事的合租房。"若宫刑警趁说话的工夫将车停好。

二人立刻下车，瞥了一眼写着"日暮庄"的牌子，然后走进房里。上楼的时候看了眼二楼的二号房间，先她们一步赶到的上司已经在屋里等待了。

"非常抱歉，警部，我们来晚了。"丽子姑且先对他进行道歉。

"那是当然了。小小的巡逻车怎么可能会比我的捷豹快啊。"

警部不满似的说了句"算了"后便伸手指向案发现场："你们看，这就是护士松本雪乃遇害的现场。"

丽子完全不需要他人废话，直接环视起屋内。这是一个很干净的有着木质地板的房间。墙壁上装有一台小型电视机，在电视机的前面有张小矮桌以及靠背座椅。电视机旁还有一个书架。并排摆放的书籍中，有护士看的医疗方面的专业书籍，还有漫画以及小说。放置在房间角落的白色衣柜，给人一种这里就是女性房间的印象。

在这样的房间里，出事的床被摆放在靠窗的位置上。被害人已经被送往医院，床上空空的。不过枕边并排放有两个钟表。不知为何床下面也有两个钟表。在不远处的矮桌上还有一个钟表。总共五个钟表。这房间的钟表也太多了。

"那个，松本雪乃小姐很喜欢钟表吗？"

"若宫，不是这样的，"丽子委婉地否定了后辈的天真发言，用戴着手套的手对这五个钟表进行确认，脸上浮现出理解的表情并点头道，"这五个钟表有机械表也有电子表，造型更是各种各样。不过它们都具有闹钟的功能。换句话说，这些全都是闹钟。被害人肯定是那种早上不容易起床的类型。"

"你们如此在意这些钟表吗？"风祭警部毫不在乎地说着，"比起这些，你们不应该先确认案发时的现场状况吗？快把第一发现人叫过来吧。"

若宫刑警回答了一声"好"后就走出房间，很快她就带着两个年轻人回到他们面前。这两个人的名字分别叫作泉田龙二以及寺川护，听说他们都是立川站西口派出所的警察，所以两人站在风祭警部的面前，神情显得很是紧张。

"好了好了，你们两个用不着这么紧张。尽管我是'国立署引以为傲的传说中的精英搜查官'，现在的我们也不是警部与巡警的那种关系。说到底，你们都是这起事件的第一发现者。而我则是'国立署引以为傲的传说中的精英搜查官'——我说得没错吧？"

警部，只有你自己的身份没有丝毫改变吧？

丽子吃惊到说不出话，而那两个年轻巡警则回答说："没、没错，警部大人说得是。"他们的声音格外地颤抖。风祭警部很满意地点着头，终于进入到主题。

"就让我们听听你们作为该案件的第一发现者的经过。"

"……就是这么个情况……不对，是我说完了，警部大人！"

从发现濒死状态的松本雪乃，到打电话呼叫救护车，在泉田龙二说完所有经过后，他用毕恭毕敬的语气向风祭警部询问道："请问，您还有什么不清楚的地方吗？"

"嗯，要说令我在意的地方，首先就是被害人的行为。根据泉田你的说法，松本雪乃在昨晚刚过八点就被突然叫去医院。还抱怨'今晚估计是要熬夜了'，可即便如此，她还是在早上设好了五个闹钟，就这样在自己的房间里睡着了。这种事不是很矛盾吗？她是什么时候回到自己房间的？"

"关于这一点，我也觉得很不可思议，"泉田就这样站着不动，凝视着警部说道，"不过当时我也要出门值夜班，所以并不清楚松本小姐是什么时候回家的。不知道她到底是在深夜回来的，还是白天回来的……"

"嗯，这样的话，那我再问另一个人吧，"警部说罢，就转向寺川，"泉田说的是真的吗？你们昨晚一直在立川派出所值班，今早你们二人一同来到这个房间，发现了床上的被害人。对不对？"

"是的，您说得没错。我一直和泉田在一起。"

"这样啊，好的我知道了。啊，宝生君、若宫君。你们两个稍微过来一下。"

风祭警部不知道在想些什么，招手将两名部下叫到房间的角落，小声寻求她们的意见。"关于那两个人，你们有什么看法？"

丽子与若宫刑警面面相觑。丽子小声反问道："那个，关于那两个人，警部是有什么怀疑的地方吗？"

"我当然有很大的怀疑了。毕竟他们是这起案件的第一发现者。假如说，他们是同谋呢？值完夜班的两人，在今早来到日暮庄，在这个二号房间里将松本雪乃的脖子勒住，直到她心跳停止，然后再装作没事人一样伪装成第一发现者呼叫救护车和警察过来。这种可能性也是需要考虑的。"

"警部，你是在怀疑这种事吗？"

"简直就是个鬼。是搜查之鬼！"

若宫刑警与丽子同时对上司投以怀疑的目光。虽说怀疑第一发现者是查案的基本原则，但警部竟然如此看待那两个人，很是令人惊讶。

"警部，出于同样身为警察的情分，还是相信那两个人说的话吧。否则今后的调查，可是连一步都走不下去的。"

丽子嘟囔般地建议道，疑心很重的警部看上去也接受了这个建议，小声说了句"知道了"后，迅速转身面向那两个人，面带笑容地说："哎呀，多谢你们了。多亏第一发现者是你们这样优秀的警察，这让今后的搜查有了光明的前景。总之，不用浪费时间怀疑第一发现者了。"

"啊？"两位男性异口同声地发出了疑惑的声音。

风祭警部对他们困惑的样子丝毫没有在意，而是突然转移话题道：

"其实还有一个比较令人疑惑的事，那就是钟表。发现的时候，这间屋子里有两个闹钟一直在响。不，最后其实是三个闹钟在响。我记得你是这样说的吧，泉田？"

"是的，警部大人，您说得没错，"泉田用毕恭毕敬的语气回答道，"上午九点十分的时候，第三个闹钟就响了起来。这一点是不会错的。"

"也就是说，第三个闹钟是你关上的？"这是丽子提出的问题。

泉田依旧用毕恭毕敬的语气回答："您说得没错。虽然考虑着拯救被害人的生命并且保护现场，但由于这三个闹钟一直在响，所以我在与寺川讨论后，便关上了闹钟。"

"那你还记得是哪三个闹钟吗？"这回提问的人是若宫刑警。

泉田与寺川相视一下后，用手指着床说：

"那是自然。你看，就是床下面的地板上放着的那两个电子表。"

"是的，以及放在矮桌子上的那个机械表，总共三个。"

泉田与寺川一脸"你知道了吗"的表情，低头看着身材娇小的女性刑警。被他们低头注视的若宫刑警快要哭出来一般看向丽子："为、为……为什么他们只对我如此不客气……明明既不是朋友又没有其他关系……"

"嗯，确实如此。"因为年龄相仿，本以为他们是警察学校的同届生，可看样子好像并非如此。总而言之，这个小姑娘就是很容易被人看不起！

丽子不禁对她同情起来,但当务之急还是先确认三个闹钟的问题吧。

直接放在地板上的那两个钟表伸手就能够到,都是小型号的电子表。闹钟设置的时间是上午九点零五分以及九点十分。而放在稍远处矮桌子上的表,是看上去很复古的机械表。闹钟的时针,笔直地指在"9"这个数字上。

丽子看着表上的数字开口道:

"看来是故意将这三个闹钟的时间分别错开五分钟,也就是九点、九点零五分以及九点十分。"

"原来如此。对于早上不容易起床的人而言,确实会这样做。但即便这样设置,大多数人最终还是起不来,"风祭警部片面地判断道,然后扭头看向另一个部下,"对了,若宫君,枕头旁边放着的那两个闹钟你也确认一下。看看闹钟设定的时间是几时几分——不对,不用看也能知道!"

应该是被上司突如其来的一嗓子给吓到了。走到床边的若宫发出了"哇"的尖叫声,然后倒在了床上。不过警部对此并不在意,还说出了自己的想法:"没错,我即便不用看也能知道。闹钟设置的时间是上午八点五十以及八点五十五。我说得对吗,若宫君?"

"是的,确实如同警部说的那样。"

若宫刑警从床上起来,将放在枕边的两个钟表拿给警部。

一个是机械表,闹钟的指针指在"9"这个数字的前一格上,也就是八点五十分。另一个是电子表,闹钟设置的时间确实是八点五十五分。看来警部猜对了。

"两个闹钟都被关上了——警部,这究竟是怎么一回事呢?"

丽子对上司提出了显而易见的问题。

"啊,前辈,那是因为……"

眼看若宫又想插嘴,丽子恶狠狠地瞪了她一眼,试图堵住这个后辈多管闲事的嘴。爱里,你就不要总犯相同的错误了!这种场合下,让警部说个痛快就好了!

若宫刑警在这几个月里多少有些长进。她改口说:"啊,那个,我也不明白。"然后乖乖地闭上嘴。再次获得表现机会的风祭警部,则非常得意地说道:

"好家伙,你们怎么连这种事都不知道呢?这五个闹钟可是显示了松本雪乃遇害的时间。听好了,泉田和寺川二人冲进这间屋子的时候,时间设置在八点五十以及八点五十五的那两个闹钟都没有响。也就是说,闹钟在当时已经被解除了。而解除闹钟的究竟是嫌疑人还是被害人,现在还无法判断。不过,无论是哪一方都是一样的。至少在八点五十五分的时候,嫌疑人以及也许尚未惨遭毒手的被害人,肯定都在这间屋子里。换句话说就是,在八点五十五分这个时间点,凶手尚未行凶,或者正在行凶,又或者是已经行凶完了。"

"原来是这样,"丽子点头道,"应该是这样没错了。"

"不过到了上午九点,凶手的行动应该已经结束,并且离开了这个房间,而被害人则处于濒死状态。正因如此,设置在上午九点及以后的那三个闹钟,就没有人再去关上了。因此,那三个闹钟按顺序在上午九点、九点零五分和九点十分响起。"

风祭警部的推理早在丽子的预料之中，因此她并没有特别惊讶。若宫刑警不知为何看上去很困。至于另外两个派出所的警员，不知道是真的赞同还是出于玩笑，对警部拍手称赞："原来如此，真不愧是警部大人！""原来这就是传说中的风祭魔法！"或许他们是想从派出所调到刑事课工作吧。

不管怎样，或许是被他们的态度哄开心了，风祭警部做出夸张的动作并说出结论：

"正因如此，这个案件的行凶时间可以缩小到上午八点五十五分前后到上午九点之间。"

没有人对警部的断定提出异议。随后丽子立刻向泉田确认道："在这栋合租房里，一共住了多少人？"

泉田答道："有五个人。"也就是说，除了泉田自己和被害的松本雪乃，这栋楼里还住着三个人。在接下来的交谈可以得知，这栋合租房的玄关大门用的是电子锁。房客要用自己的钥匙才能进出这里。也就是说——"没有钥匙的外部人员要想进入屋内行凶，是件很困难的事情。我这样想没错吧，警部？"

"嗯，这是当然的了，宝生君。"

风祭警部严肃地点着头，重新看向两名部下，然后自信满满地宣布之后的搜查方针。

"也就是说，这起事件的犯罪嫌疑人就在住在合租房里的另外三个人之中。这样的话就简单多了。直接和这三个人见面，然后询问他们是否有不在场证明就行了。也就是上午九点这个行凶时间之前的不在场证明!"

4

不一会儿,风祭警部便带着宝生丽子与若宫刑警走出二号房间。接下来要与被害人松本雪乃的合租室友们进行详谈。当然了,在这种场合下,"合租室友"等同于"犯罪嫌疑人"。

顺带说明一下,日暮庄二楼的布局简单明了。上楼后就是一条笔直延伸的走廊。五扇房门直对走廊。紧挨楼梯的是一号房间,最靠里的是五号房间。风祭警部最先踏入的是一号房间。若宫刑警则站在这扇木门前,一只手拿着警察手册补充说:

"据泉田龙二所述,住在一号房间的人是山下彩,是个就读于附近大学经济学部的二十岁大学生。"

"是女大学生吗?如果是的话,那犯罪的概率就很低了——若宫,你要是这么想的话就大错特错了!"风祭警部提醒新人刑警道,然后戏剧性地将手指左右摇摆,"即便是弱小的女大学生,只要有心,也可以用毛巾勒住邻居的脖子。所以说预先判断可是大忌。"

"是,我懂了。"后辈刑警很直率地回答道。

丽子听到这句话后不禁吓了一跳。爱里,不对的!你不应该回复"我懂了",而是"属下明白了"才对!

在微妙的气氛中,丽子咳了几声后,轻轻敲响面前的房门。

开门的女大学生山下彩穿着粉色T恤以及白色短裤,是个身材娇小的女生,惹人喜爱的圆脸蛋和短发十分搭配。她说了句

"请进"，招呼刑警进屋。

房间是非常女性化的华丽布局。

地上铺着粉红色的地毯，地毯上面放置着一张白色矮桌。就连床单也是粉色的。虽说她是个大学生，但屋内并没有书架或是书桌之类的家具，取而代之的是引人注目的动漫帅哥的周边。风祭警部让她坐在床边，迅速对其进行发问："那个，同学，你一般在这个房间的什么地方学习啊？"

"刑警先生，你竟然会先问这种问题？"

山下彩不可思议地歪着头。警部的问题确实跑题了，可以说是驴唇不对马嘴。但她还是回答了这个问题。

"学习的时候，会用公共客厅的桌子。比起这种事，刑警先生，雪乃被勒到送进医院，是真的吗？我在上学的时候，泉田先生通过短信告诉了我这件事。我火速从学校赶回来，但还不清楚发生了什么事……"

"很抱歉，这是真事，"警部严肃地点着头，终于进入正题，"所以我想请问你一件事。山下彩同学，有关松本雪乃被某人袭击的原因，你有什么想法？如果有什么人憎恨她，或者和谁曾发生过什么矛盾，希望你能告诉我。"

"没有。并没有那种人。雪乃是个不论是谁都会喜爱的大姐姐。起码与这栋合租房里的住户关系都很好。"

"哦，这样啊。不过事实是，就是这样一个人，在这栋合租房内被某人袭击了，"说完这句话后，风祭警部直截了当地进行询问，"山下彩同学，今天上午九点前后，你人在哪里，在做些什么？当时你是否在这栋合租房内？"

警部的这个问题，其实是在问她有没有不在场证明，山下彩应该也很清楚这一点。她很干脆地摇着头，然后回答说：

"不在。上午九点的时候，我已经离开这里，徒步去学校了。我走出玄关的时候，应该是上午八点四十五分左右，走到学校大门时应该是上午九点？也就是开始上课的那个时间。虽说是九点整，但并没有什么关系。因为我今天并不是去上课的，而是去参加社团活动。你别看我这样，实际上我在大学里可是'帅哥研究会'的会长。泉田先生告诉我这件事的时候，我就在'帅哥研究会'的活动室里。"

如此奇怪的研究会，居然还有活动室？

这种疑问迅速出现在丽子的脑海中，不过现在并不该在这里讨论这种事。丽子亲自询问起山下彩："你说自己走出日暮庄玄关是上午八点四十五分。有人能替你作证吗？"

"估计是没有。我走出一号房间、下楼，直至走出玄关，完全没见到合租房里的住户。"

"那在去学校的路上呢，有没有和熟人在一起？"

"这个也没有。我一直都是一个人去学校。"

"那么在社团的活动室里，见到了其他成员吗？"

"怎么可能见到。因为'帅哥研究会'除了我之外就再也没有其他成员了！"

那为什么会有活动室！真是所不可思议的大学！

丽子产生了一股刨根问底的冲动，可还没等她去问，风祭警部就先插嘴道："那么在你从日暮庄玄关出去的时候，有没有察觉到什么和平日里不一样的地方？比如说听到了什么奇怪的声响……"

"没有什么特别的。就是感觉比平常更加安静。"

上午八点四十五分时，恐怕什么事都没有发生。就连那五个闹钟，也一个都没响。所以，她对于合租房安静的证词并没有矛盾的地方。但不管怎样，确实没有第三者能够证明她在上午九点前后的行动。也就是说，今天上午的山下彩并没有确凿的不在场证明。就在这个时候，警部再次更改话题。

"那我问一下有关昨晚的事吧。你昨晚见到松本雪乃了吗？"

"嗯，见到了。昨天晚上，在一楼的公共客厅里……"

"大致是什么时间呢？"

"那个时候我刚吃完晚饭回来。我在晚上八点半前后去了附近的餐厅吃饭，在饮料区喝咖啡、看手机，在那家店待到了晚上快十点。这样的话，我就是在晚上十点之后，在日暮庄见到雪乃的。"

"真的吗？你是说晚上十点之后，被害人还在日暮庄……"

"嗯，错不了。雪乃正一个人在公共客厅里喝咖啡。"

"那个时候你和松本小姐说过什么话吗？她说了什么吗？"

"不知道为什么，雪乃当时穿着出去上班时常穿的长裤。我觉得奇怪便问她'这是要去哪里'，可她摇着头说'不是，我刚回来'，听口气很是不满。当时的雪乃很生气。听她说，她接到'前往医院上班'的紧急通知，结果却是单纯的联络失误，最后她什么都没做就回来了。而我只是说了'这样啊，那可真是一场灾难'之类的话，然后就回到自己房间了。在那之后，我就再也没有机会见到她。"

"原来如此。是这么一回事吗……"

听到山下彩的意外证词，风祭警部看上去不太信服地点着头。

接下来丽子等人来到三号房间。若宫刑警看着警察手册进行说明。

"住在三号房的人是二十八岁的杉浦明人，职业是自由撰稿人。主要是在企业杂志以及小众杂志上写采访报道，志向是成为一名小说家。"

"想成为小说家的青年男性吗？那确实很可疑……"

警部，你那是个人偏见——丽子一边在心里发着牢骚一边敲响三号房间的房门。不一会儿，开门的是一位相貌端正、又高又瘦的美男子。

出乎意料的发展让丽子有些慌张。方才说到立志成为小说家的青年男性，丽子本以为是那种长相老土，看着就没什么出息，戴着加厚眼镜的邋遢男人——这个应该也是个人偏见吧？

这当然是很过分的偏见。不过警部与丽子将这种偏见藏在了心里，用和蔼的眼神看着眼前的男子。杉浦明人看上去并没有特别起疑，只是说了声"请进"，招呼刑警进屋。

他屋内的设计很简单，引人注目的家具只有床、书桌以及书架。屋里没有电视机，书架上有一台很帅气的迷你组合音响，或许被用来当作电视机的代替品。音响旁边随意堆放着几张像是古典乐的CD。

眼神很好的风祭警部看到那些CD，犹如一只锁定猎物的猎犬。他拿起CD："这不是维也纳爱乐乐团吗？说起来，我以前曾听过他们的现场演奏。没错，那是在布鲁塞尔的古老剧院举行的演奏会……"警部很巧妙地炫耀了一番。当然了，警部炫耀的重点并不是"维也纳爱乐"，也不是"古老剧院"，而是"布鲁塞尔"这个地名吧。

见怪不怪的丽子满脸嫌弃，把上司的这些话全都当作耳旁风。

但是，自己身边那个毫不知情且过于天真的同事却露出十分震惊的表情："警部，你太厉害了，连布鲁塞尔都去过！"这是发自肺腑的反应。接着她又说出了："我也好想去一次西班牙！"这种超乎想象的感想。就连满脸微笑的警部都哑口无言，丽子也在一旁愣住了——爱里！那是在比、比利时！布鲁塞尔是比利时的首都！

"算了。不管是布鲁塞尔还是马德里，都差不多……"

警部重新振作起精神后说道，然后再次看向那个立志成为小说家的男人。就跟先前询问山下彩一样，警部先是问了关于犯罪动机的问题："对于被害人遭受袭击，您有什么看法吗？"不过对于这个问题，杉浦明人会摇头也是理所当然的事。

"没有。松本小姐是位大家都喜欢的女性……"

接着警部便直截了当地对他问道："今天早上九点，你人在什么地方？"

"刑警先生，你该不会是在调查我的不在场证明吧？"

"那个——这只是形式上的问题罢了。杉浦先生，不知您是否方便回答？"

"嗯，当然方便。虽然您这样问了，但我确实没有明确的不在场证明。今天早上，我一直躺在这间屋子里的床上呼呼大睡。之所以会醒过来，是因为突然听到了很大的声音。有个男人在喊'叫救护车，赶紧的！'，随后我又听到隔壁传来了多个闹钟响起的声音，于是我立刻跳下床，走出房间去看二号房间的样子。那时泉田先生在屋里，像是他同事的男人正在用手机拨打119[①]。松本小姐则无力地横在床上。不过我知道的只有这么多。说到底，凶手在行凶的时候，我正在这间屋子里做梦呢。"

"嗯，那可真可惜。如果你在上午九点前醒过来的话，凶手在二号房间行凶的时候，你多少能听到些动静吧……"

"实际上确实如此。不过这和我的工作性质有关，我的生活基本上日夜颠倒。所以早上九点对我而言，相当于深夜。"

"原来如此。如果是深夜的话，那确实不会有不在场证明。"

"嗯，就是这么一回事。不过刑警先生，难不成就因为我没有不在场证明，你就会毫无道理地将我看作犯罪嫌疑人？"

"自然是不会了。现阶段还无法断定任何事。"

警部说完这话后转变了问法："话说回来，杉浦先生，你昨晚有没有在什么地方见到过松本雪乃小姐？"

---

① 在日本，救护车与救火车的电话都是119。

"没有。经你这么一说，我昨晚还真没见过她。不过她昨晚好像说过，八点多有急事要去趟医院吧？"

"您看，这不是很清楚吗？你明明没有和她见面，为什么会知道这种事？"

"虽说没有直接见面，但是我恰好听到了正要出门的松本小姐在对泉田先生发牢骚。那个时候，我正好在一楼的公共客厅吃充当晚饭的泡面。记得那是在晚上八点多的时候——什么，在那之后吗？吃完饭没一会儿，我就回到房间继续工作了。我受小众杂志的委托在写报道，一直埋头工作到晚上十点多。"

"晚上十点多？"听到这个时间，风祭警部两眼发光，"松本小姐正好在这个时间，从医院回到合租房。有人的证词提到了这点，你有注意到什么吗？"

"哦？这我就不清楚了。话说回来，那个时候确实感觉有人进了二号房间。但我并不确定，因为我在工作的时候会播放背景音乐。就是通过那套迷你音响，播放我喜爱的古典音乐。"

"维也纳爱乐乐团是吧，我也很喜欢。在布鲁塞尔的剧场，听到他们演奏的音乐时，我的心被感动到颤抖不已……"

——等一下，警部，你又在反复炫耀相同的内容了！

一脸不耐烦的丽子在心里吐槽着。老实讲，警部的这段回忆还不知是真是假呢，不过这些现在都不重要。丽子猛地说道："总而言之！"像是在打断上司的废话，"你一边听着音乐一边集中精力工作，所以并没有听到隔壁的情况。是不是这样，杉浦先生？"

"没错，就是这样。"

这个立志成为小说家的男人说完这话后，笑着露出了洁白的牙齿。

刑警离开三号房间，朝四号房间走去。顺便说明一下，五号房间就是第一发现人泉田龙二的屋子，因此去拜访也没有什么意义。日暮庄中可能是犯罪嫌疑人的人，就剩下这最后一位了。若宫刑警再次拿出警察手册进行简单说明。

"住在四号房间的人是二十三岁的木田京平。今年春天刚大学毕业，求职失败后没有固定工作，就算是临时工的工作也干不长。最近好像一直将自己困在房间，过着自甘堕落的生活。警部，这个人着实可疑。"

"呦，就连若宫君也是这样想的吗？我也在想同样的事。"

——爱里，不能这样！你要是与警部陷入同样的思路中，你的刑警生涯就完了！

心情复杂的丽子看向后辈，然后敲响四号房间的门。这回出现的，确实是个戴着加厚眼镜、相貌老土的邋遢男人。他穿着灰色短裤和迷彩 T 恤。粗大的脖子别扭地挂着耳机。"你们有什么事吗？"

面对木田京平睡眼惺忪的问题，风祭警部掏出警察手册告知来意："我们有些问题想问一下。"他并没有请刑警进屋，而是交叉着手臂说了句："那就在这里吧……"看样子是不想让他们进入房间，"行了，你们有什么想问的就尽管问吧。"

真让人头疼啊——警部露出这样的表情问道："被害人是个不

论是谁都会喜爱的女生,并不会招到他人怨恨,因此完全不清楚她为什么会被袭击——你应该会这么说吧?"

"刑警先生,你问问题未免太敷衍了吧,"木田京平吃惊地说着,"不过事实上,我也认为松本雪乃小姐不是那种惹人怨恨的类型。我也不清楚她为什么会被袭击。还有什么想问的吗?"

"嗯,我想问今天上午九点的事。方便说一下你当时在哪里,在做些什么吗?"

"上午九点吗?那个时候我一直在房间里打游戏,是款新出的叫'快逃吧,杀戮之森'的游戏。"

"你从上午就开始玩游戏吗?"

"不是,我是从昨天晚上就开始玩的。"

男子挺起穿着T恤的胸膛说道,也不知道这有什么可骄傲的。警部则露出了对他越发怀疑的神情:"你玩得这么起劲,有人能为你证明这件事吗?"

"没有。一直都是我一个人。"

"那么你在玩游戏的过程中,有没有听到二号房间传来争斗之类的声响呢?"

"没有听到。"木田京平不假思索地回答道。

丽子忍不住插嘴问:"那个,您能多思考一下再回答吗?二号房间与四号房间之间也没那么远吧,从这里应该有可能听到争执或者尖叫的声音。我说得对吧?"

"刑警小姐,虽说有这个可能性,但是我没有听到,"说到这里,他用手指着挂在自己脖子上的耳机,"我在打游戏的时候必定会戴上耳机。如果不戴耳机的话，就会给邻居带来困扰。因此哪怕二号房间传来再大的动静，我都不会注意到。顺便说一下，我之所以会注意到二号房间发生的事，是因为泉田先生直接敲响我房间的门，将这件事告诉了我。即便在那个瞬间，我也没有注意到任何事，一心只想着游戏。"

"啊，原来是这样……"丽子不得不接受他的回答。

确实，通过他耳旁传来的游戏音乐以及电子声响的状况来看。较远房间的声响应该传不到他的耳朵里吧？丽子沉默了，风祭警部代替她继续询问：

"你说你从昨晚就一直在打游戏，那究竟是从几点开始的呢？"

"这个嘛，应该是从昨天晚上快九点的时候开始的。"

"什么，九点之前？"警部那张端正的面孔突然紧绷起来，"也就是说你从昨天晚上九点前到今天上午九点多，连续玩了十二个小时以上的游戏！喂喂，你人还好吧？这样下去可是会死人的！"

"刑警先生，我是不会死的。我连续打游戏的记录是十六个小时。"

男人再次挺起穿着T恤的胸膛，仿佛是在叙述自己的英雄事迹。警部则露出吃惊的表情。

"以防万一，我还是再问一下。你昨天晚上见到松本雪乃小姐了吗？"

然而，在听到这个问题后，他再一次不假思索地摇头了。

"没有。昨天我压根没见过她——什么，你说她昨天八点多出了门，十点多又回来了吗？原来是这样啊，但我并不知道这些事。

话说回来，昨晚发生的事和今天早上发生的事有什么关系吗？"木田京平一脸疑惑，发自内心地问着这个问题。

"没有，就目前的情况来说，还不能证明些什么……"风祭警部含糊地回答道。

5

调查完所有嫌疑人后，几位刑警再次回到被害人居住的二号房间。就在进屋的瞬间，风祭警部说出了极度不满且气馁的话：

"可恶，竟然会是这样！结果居然是，那些犯罪嫌疑人都没有充分的不在场证明。那咱们累死累活地询问他们不在场证明，不是白忙一场了吗？本来，如果这三个人中有两个人拥有完美的不在场证明，另一个家伙说'我一个人待在房间里'，就可以毫不犹豫地断定'你就是凶手了'。"

——这算哪门子的"本来"啊？警部，说白了你就是想轻松解决案件吧！

丽子在心里进行犀利的吐槽。对此一无所知的警部夸张地将双手伸开。

"这样一来搜查又回到原点了。"

警部叹气道。反倒是若宫刑警若有所思，走到矮桌子旁边，弯腰注视着放在上面的机械表。注意到此事的丽子待在后辈的身后，一同观察起这个表："怎么了，若宫？这个表有什么问题吗？"

"啊，是的……不是，那个……没什么……"

——没关系！爱里，你就说说看嘛！你要再自信点！

丽子用眼神鼓励着爱里,这个不太可靠的新人刑警多少因此积极了起来。她拿起桌子上的闹钟说:"我刚刚有些在意,"然后将表面冲向丽子,"前辈,请看。这个钟表是不是有点问题啊?"

"有吗?"丽子准备用自己的手表进行确认,于是将左手伸到面前。

不过就在她抬手的瞬间,风祭警部将自己的左腕伸到了丽子的眼前。

"宝生君,就用我的手表确认吧!我的手表可是劳力士。这是个绝不会出问题的最高级的手表!"

"这、这样啊!太、太厉害了!"丽子说出了虚假的感想。不过,我这款蒂芙尼的手表也是高级品,应该是不会输给警部的!

不过,和上司比较手表的高级程度并没有意义。丽子悄悄将自己的左腕藏起来,然后看向警部的劳力士。

说来也是巧了,手表的时针与分针都朝向正上方。

"啊,正好是中午十二点。这个机械表则是十二点零二分。原来如此,确实和若宫刑警说的一样,这个机械表并不是很准。"

准确来说是快了两分钟。为了以防万一,丽子将其他四个表也进行了确认,但都显示着正确的时间——奇怪了,为何只有这个表不准呢?

丽子歪着头想着这个问题,不过风祭警部则像是没有察觉到任何问题似的说道:"怎么了,那个表不论怎么看都是廉价的机械表,而且看着很老旧。用了这么久,多少会有些不准吧?你再看看我的爱表劳力士,用了五年从来没有……"

看样子，警部自吹自擂的话还会再持续下去，但已经没有部下听他说话了。丽子再度看向后辈刑警手上拿着的机械表。闹钟的指针笔直地指着数字"9"。"所以说爱里……不，若宫刑警，这究竟是怎么一回事？"

"既然这个表快了两分钟，那就是说这个闹钟响起的时间，并不是上午九点，正确的时间应该是上午八点五十八分吧？"

"对。确实是这样……"

不过，这短短两分钟的误差，能有什么意义呢？

丽子不断地思考着这个问题，但始终想不出任何答案。

就连若宫刑警也小声说："可能并没有其他意义。"然后就将表放回了桌子上。

这个时候，风祭警部再次故意地炫耀起劳力士手表，看样子他还要这样继续一段时间……

6

"大小姐，能顺便问您一个问题吗？"身着西装的管家毕恭毕敬地说出这句开场白，然后用手指轻轻按在时髦的眼镜框上，令人感到放心地低声说道："被害的松本雪乃小姐最终并没有得救。即便她被救护车拉往医院，也还是没有苏醒过来。我能否这样进行思考？"

"嗯，虽说很可惜，但你说得没错。"

丽子在沙发上露出难过的表情，她用手倾斜着红酒杯，喝了一口里面的红色液体，然后看向站在一旁待命的管家影山。"所以我才想借助你的智慧。如果被害人得救的话，事情就简单了。这样只需直接问她'是谁勒住你脖子的？'就行了。我就是因为没办法这样才如此困惑的。"

丽子发火般地说着。但影山却连眉头都没有动一下。"大小姐，您说的都对。"他说完后便毕恭毕敬地低下头。

时间已到晚上十一点。丽子回到家中，结束了警察的繁忙工作。身穿黑色工作西装的她摇身一变，换上了大小姐风格的粉色裙子，在豪华的客厅里享受着短暂的休息时光。不过，即便是在这个时候，她的大脑中还在回忆着今早的事件。为了寻找突破口，丽子便请影山来听听事件的详细经过——不对，是姑且让他听听。基于大小姐的立场，自己不可能低头求管家来听这些事。

顺带一提，影山不过是服务于宝生家的一介管家。即便如此，他却拥有侦探般优秀的天资，在过去，他曾数次——应该说是每当国立署管辖内发生疑难案件的时候——他都能凭借罕见的推理能力，解开错综复杂的谜团。这些推理结果会由影山说给丽子，丽子再传达给风祭警部，最终全变成警部一个人的功劳（正因为如此，之前才会出现警部荣升警部本厅这种"错误的人事调令"）。

影山用平静的语气说着案件的重点。

"通过五个闹钟，能够推测行凶时间是即将上午九点的时候。不对，机械表要比实际的时间快两分钟，所以严格来说，行凶时间是在上午八点五十八分前的一段时间里。应该是这么一回事。不过尽管如此，那三名嫌疑人都没有在这段时间里的不在场证明。因此，大小姐才这般束手无策……"

"不对，你说错了，"丽子将面前的玻璃杯狠狠放在玻璃桌上，用严厉的口吻说，"并没有束手无策。只不过是在搜查过程中陷入瓶颈罢了。"

"大小姐，意思不都差不多嘛。"

影山露出苦笑，丽子迅速将头扭向一旁。

"这……这个嘛，嗯，或许是这样吧。总之嫌疑人范围缩小到了三个人，不过在那之后就没有进展了。说怀疑的话，这三个人都有嫌疑。"

"无法从人际关系入手吗？调查被害人的手机的话，应该能知道她的人际交往吧？"

"没用的。我们也寻找过被害人的手机，但最后并没有发现。肯定是被凶手抢走了。凶手应该是不希望自己与被害人之间的关系被人知道。"

"原来如此，原来是这样啊……所以说被害人的手机被偷走了……"

像是察觉到异常，身穿黑色衣服的管家沉默起来。丽子连忙看向他。

"影山，你怎么了？难不成是突然想到什么了……"

"不，现在还不能多说什么。"

影山慎重地摇着头，立刻问了其他问题："实际上，方才在大小姐说的话中，有一点我没弄明白。就是那个快了两分钟的机械表。按照您的说法，那个表被放在了矮桌子上。不过只是通过您的叙述，我并不能知晓那个表与矮桌子以及床的正确位置。"

"这也正常。"丽子点头道。没看过真实现场的影山对此当然没有概念了。丽子准备进行详细的说明:"看好了,影山。假定我所坐的这张沙发是松本雪乃的床。那么现场的那张矮桌子的位置差不多和这个玻璃桌一样。至于那个有问题的机械表嘛……"说到这里,丽子拿起玻璃杯,放在玻璃桌的一端——也就是与丽子座位相距最远的一端,"对,大概就是这个距离。"

"呀,意外离床很远嘛,"影山反复看着沙发与玻璃杯的位置说,"这么远的距离,从枕边伸手关掉闹钟就是不可能的事了……"

"是的。不过,这有什么奇怪的吗?"

这个时候,丽子说出了她早就想好的观点:"说起来,把闹钟放在枕边才有问题吧。你想想看,对不对?因为只要一伸手就能很轻松地关掉闹钟。这样的话,就没必要设定闹钟了。那不就成了,为了睡回笼觉才设置的闹钟吗?那样做不是蠢死了吗?"

"原来如此,真是了不起的想法。"管家表现得相当钦佩,脸上浮现出笑容,看向丽子说道:"顺便问一下,大小姐房内的闹钟放在什么地方?"

"啊?这、这种事,和你、你没、没有关系吧……"

丽子突然害羞起来。虽说这里大可不用进行说明,但丽子寝室的闹钟,放在她触手可及的地方——或者说是不用伸手也能碰到的枕边。所以当闹钟发出"哗哗哗"的声响后,丽子不用三秒就能将闹钟关上,这样她就能再睡上一个回笼觉。这个场景,在宝生家就如同录像片一样,反复播放。

顺带说一句，用力敲门叫醒在睡回笼觉的丽子，是用人的工作，所以这对影山而言并不是"毫无关系"的事，不管怎样——

"大小姐，对于我刚才的言行，我深感抱歉。"

影山老实地低下头。丽子露出了很生硬的笑容。

"那、那个，不要再管闹钟的位置了……"

"或许吧。不过，有关案发现场被害人床铺与五个闹钟的位置，我依旧觉得有很多不自然的地方。"

"不自然，你指哪里？"

"呀，大小姐，您不清楚吗？"

"正是因为不清楚才会问你啊——就这样吧！"丽子突然察觉到有些危险，她伸出双手，像是要挡住向自己射来的语言子弹，"即便这样，你绝不准说我是有眼无珠或是脑子坏掉了之类的话！你要是说出来，就立刻炒你鱿鱼！"

"请您放心，"影山微微耸了下肩膀，"我绝对不会说大小姐脑子坏掉了。"

"真的？但你之前不是说过我有眼无珠吗？"

"确实说过。不过，这一点也请您放心——现在大小姐的眼睛，绝对不是什么摆设。"

"嗯，那就好。"——不对，完全放心不下来！丽子指着自己的眼睛大声说道："不论是以前还是现在，我的眼睛从来都不是什么摆设，一次都没有！"

"啊，您说得对。哈哈哈。"

"你哈哈哈什么？"

气愤难平的丽子，再次将放在玻璃桌一端的红酒杯拿起来喝了一口："算了，回到先前的话题吧。是在说关于松本雪乃床铺与闹钟的位置吧。哪里不自然了？"

"根据大小姐所说的内容，现场总共有五个闹钟。放在枕边的那两个，闹钟时间分别是八点五十分以及八点五十五分。然后放在床下地板上的，闹钟时间是九点零五分以及九点十分……"

"嗯，没错。"

"只有闹钟设置在九点的那个表被放在矮桌子上，是不是这样？"

"没错……不过影山，你想说什么？"

"刚想起来，大小姐方才提出的'防止睡回笼觉理论'确实很有道理。实际上，确实有非常多的人，为了防止睡回笼觉，非要将闹钟放在手碰不到的地方。这么说来，我也是其中一个。"

"确实，影山从来不赖床。真是了不起啊！"

"并没有什么了不起的。反倒是一点也不付诸实践的大小姐，问题有些……不对，现在不是说这种事的时候，"影山清了清嗓子，强行回到表的话题上，"如果只有一个机械表的闹钟设置在九点并放在离床较远的位置上的话，并没有什么问题。不过既然这样的话，为什么还要将设置在九点零五分以及九点十分的闹钟放在床的旁边呢？这便是我的疑惑。这两个表和设置在九点的那个表比起来，不更应该放在远处吗？大小姐，您觉得呢？"

"确实。越是晚响的闹钟离得越远。这样，不论起床再怎么困难的人，也不得不从床上起来。只有这样效果才最好。但实际上却不是这样放置的。只有设置在九点的闹钟，被孤零零地放在了矮桌子上。这也就是影山你觉得不对劲的地方——是这个意思吧？"

"正如大小姐所说的那样。我觉得现场的情况应该更古怪。"

影山正中下怀般地露出了满意的表情。被他侧眼看着的丽子纳闷地问道："是吗？影山，是不是你想得太多了？"

"啊……"瞬间，管家脸上浮现出失落的表情。接着影山用指尖推了推鼻尖上的眼镜："并非如此，这绝非是我想多了，反而是大小姐您想得太少了。我又冒失了，大小姐！"

影山说完这句话，将脸凑到坐在沙发上的丽子的耳边，用清晰的口吻说：

"头并非是用来戴帽子的。"

7

——啊，影山，你在说什么？头不就是用来戴漂亮帽子的嘛！这不是理所应当的吗？如果不戴在头上，应该戴在哪里？

突然间，丽子的脑中浮现出一大堆疑惑，她有些摸不着头脑。但很快她就知道自己被当成傻瓜了。她再次将红酒杯放回玻璃桌上，剧烈颤抖地说："你在说什、什么，影山！你是想说'多动动脑子吧'！是不是？"

"嗯，您说得对……不过大小姐，您未免用了太多时间了吧。从我挖苦您到大小姐您动怒，间隔未免也太……"

"哪有的事，哪有什么间隔啊！我在听你说话的瞬间就明白了！"

"是这样吗？听到您这样说，我就放心了。"

"你放什么心啊，白痴啊！"

至此，丽子才将怒火全部发泄完。她的咆哮声震撼着宝生家的客厅。不过身着西装的管家则显得若无其事。他用手指轻轻按住镜框，从容地将她的咆哮当成耳旁风。

面对他的这种态度，丽子愈发愤怒地反问道：

"影山，你这是什么意思？居然说我想得太少了……"

"大小姐，就是我说的那层意思。"

若无其事的管家断言道。面对哑口无言的丽子，又亲自对案件进行说明：

"大小姐刚才也说了，我确实觉得那个将闹钟设置在九点的机械表有些不合理。不过，这并非只是因为那个孤零零的闹钟被放在离床较远的位置上——说起来，大小姐认为松本雪乃小姐设置了这么多闹钟，是准备今天早上几点起床呢？"

"那当然是九点了。难道不是吗？"

"并没有错。我和您想的一样。"

"对吧。这是理所当然的，"丽子很有把握地点着头，"松本雪乃小姐预想的起床时间是今天上午九点。不过由于她早上起床困难，为了以防万一，在九点前后设置了四个闹钟，每个闹钟的间隔是五分钟。九点之前响两个，九点之后响两个——应该是这样，起床困难户经常会这样做。"

"您说得对。那么请问大小姐，您觉得这五个闹钟里，哪一个对被害人最重要？"

"这种事我怎么会知道，我又不是雪乃小姐。不过，放在她床边的那两个钟表看上去是比较新的款式，更受重视的钟表应该在那两个之中吧。"

"啊，大小姐……"身穿黑色西装的影山，突然颓废地垂下肩膀，"我并不是在问您哪个钟表最值钱。我是问您她对这五个钟表的重视程度。请您不要答非所问好不好？"

"答答答、答非所问，怎么就答非所问了？"丽子脸色一沉，但内心却因为自己的误解而感到惭愧，"啊，原来你问的是这个啊。这个答案就简单了，她最重视的应该是放在矮桌子上的那个机械表。因为闹钟正好设置在九点钟。"

"也就是说，是被孤零零地放在距离床最远位置上的那个钟表吧？"

"对。"

"这个钟表比实际的时间快了两分钟。也就是说，并不是显示正确时间的钟表，我这样说没问题吧？"

"多少有点问题吧……"

"不过，大小姐您刚才也说了，那是一个老旧的钟表……"

"嗯，确实是老旧的钟表。看上去用了有些年头了，确实很奇怪啊。"

此时的丽子双手交叉在一起，陷入沉思中："被害人打算在今天上午九点起床，所以闹钟时间被设置在九点的钟表肯定是最重要的那个。既然如此，那应该用更准确且性能更好的钟表才对啊。起码没必要特意使用不准确的老旧表啊。毕竟还有其他更新更准确的钟表。"

"是的。如果只有一个闹钟的话，特意将表针稍微往前调，还是有可能的。即便在九点起床，实际上是八点五十五分——这种情况。"

"也就是常说的那种'提前五分钟'行动的人吧，他们确实经常这样做。不过这种情况应该不适合今天早晨的状况吧。其他四个钟表全都显示着正确的时间。其中只有一个钟表——而且是最重要的那个钟表——显示了错误的时间。这确实有些奇怪啊。看来这五个闹钟里，混进了一个外来者。"

"您说得太对了，"影山毕恭毕敬地行了一礼后继续进行推理，"那么这个外来者究竟是用来干什么的呢？想到这里，我灵光一闪。说不定，这个闹钟并没有被设置在上午九点。"

"啊？你这是什么意思？'没有被设置在上午九点'是什么意思？——啊，我明白了。这个闹钟其实设置在上午八点五十八分。因为指针快了两分钟，所以你才会这样严谨地说。影山，你是不是这个意思？"

"不是，虽说很可惜，但意思不太对。"

影山无声地摇着头，说出了令人意外的话。

"恐怕，这个钟表并非是用来告知上午八点五十八分的。实际上应该是用来告知晚上八点五十八分的表。"

"什么什么？不是上午而是晚上？"

"是的。这个闹钟被设置在晚上八点五十八分,也就是晚上九点前响起的表。就在思考此事的瞬间,我突然想到一件事,就是大小姐最近沉迷的那个热门电视剧。那部剧是在周一晚上九点播放。而且那部剧的主人公和松本雪乃小姐一样,都是女护士……"

管家令人意外的话,让丽子无言以对。

将闹钟设置九点的老旧机械表,按照影山的话讲,是用来防止错过昨天晚上九点的那个电视剧的。

机械表确实和电子表有所不同,机械表的闹钟功能并没有上午与下午之分。而且闹钟这种道具,确实并非只是用来早起的。为了不错过外出或是与他人约会的重要时间,也经常会用到这项功能。包括必追的电视剧的播放时间,也是"重要时间"的一种吧。当然了,录制节目也是一种方法,即便如此,想要第一时间收看的影迷也绝非少数。对于主打"剧情跌宕起伏"的《永不终结的爱恋》,就更是如此了。其他人就不多说了,丽子本人就是热爱这部电视剧的观众。正因如此,她才不得不大声喊道:

"你说说说、说什么!你在开什么玩笑啊?我哪有如此痴迷那个电视剧啊?我只是个喜欢《终恋》的理性剧迷!"

"呀,是我失礼了,"影山装模作样地低下头,"不过话说回来,大小姐,您只对这一点进行吐槽吗?"

"总觉得有什么地方不对劲,"丽子思考片刻后指出了另外一点,"现场共有五个钟表,但只有四个被当作闹钟使用。在有点距离的矮桌子上放着的那个老旧机械表，是为了提醒看电视剧而设置的闹钟。那就很奇怪了。因为这样一来，能够证明最重要的上午九点这个时间点的闹钟，就不存在了。"

"不，用来提醒上午九点的那个闹钟是存在的。不过那个钟表在提示上午九点钟到了之前就被人从现场偷走了。偷走钟表的人当然就是杀害松本雪乃的凶手了……"

"被偷走了……"就在丽子嘟囔这句话的瞬间，她突然想明白了。现场确实有一个"钟表"被偷走了。"按照影山你的推理，难不成是那个手机？雪乃小姐把自己手机的闹钟设置在上午九点，然后将其放在了枕边？"

"大小姐，您说得太对了。那个手机就是被害人最重要的闹钟。包含手机在内的五个闹钟，原本全都放在离被害人那张床不远的、伸手可得的范围内。"

影山说完这话后，开始对昨天发生的事展开推理。

"身为护士的松本雪乃小姐，恐怕和大小姐一样，是《终恋》的忠实观众。即便她是其他电视节目的粉丝也一样，总之在晚上九点有她不能错过的一档节目。因此在她昨天下班回家后，就将放在矮桌子上的机械表设置好九点的闹钟。做好一切准备的她，在那之后肯定放心地在自己房间度过接下来的时光。可就在这时，发生了她没有预料到的突发情况。工作的医院突然打来电话让她过去一趟，于是她在晚上八点多的时候紧急出门。不过，由于她是被突然叫走的，所以她当时犯下了一个小小的失误。她没有将九点的闹钟解除，就这样从日暮庄里离开了。"

"这是很常见的、和'闹钟'有关的失误。"

"不管这个和闹钟有关的失误是不是很常见,总之松本雪乃小姐出门了。到了晚上九点——正确的时间应该是晚上八点五十五分——在空无一人的二号房间里,这个闹钟响了起来。然而,能够关上这个闹钟的人却不在家。在无人的房间里,这个闹钟便响个不停。"

"这种机械表要是没人关上的话,就会长时间响下去。"

"是的。您也这样说了,到了晚上十点多,当松本雪乃小姐回到自己房间的时候,表针已经移动了,而闹钟的响声也停止了。正因为如此,她回家后也依然没有注意到自己犯下的这个失误。放在矮桌子上的机械表的闹钟,就处于九点的状态没有被解除,应该是一直处于开启的状态吧。她也没有察觉到这件事,然后她为了第二天早上九点起床,又设置了五个闹钟——其中一个就是她的手机——然后就上床睡觉了。"

"嗯,所以最终她在昨晚的二号房间里,总共设置了六个闹钟吧?"丽子交叉着双臂,深深地点头说道,"然后到了今天早上,快要到九点的时候,案件发生了。雪乃小姐被某人用毛巾勒住脖子杀害了。这到底是谁干的呢?"

"我也不知道正确答案。三名嫌疑人今天早上都没有不在场证明,每个人都有犯罪的可能性。"

"搞什么啊,"丽子愤然说道,"这样一来,结局不还是一样吗?搜查结果依旧处于碰壁的状态。"

"嗯,如果只看嫌疑人上午的行动,确实和您说的一样。不过，如果将目光转向他们昨晚的行动，就能看到其他的真相了。"

"什么意思？"

"大小姐，您还没明白吗？在昨晚日暮庄的二号房间里，从晚上九点开始就有一个闹钟，长时间地发出响声。这样的话，同样住在这栋建筑物二楼里的嫌疑人们，应该都听到了。"

"对啊！"丽子拍手说道，不过随后她又歪着头说，"但是好奇怪啊。为什么这三个嫌疑人都没有提到这件事呢？"

"那咱们就逐一进行确认吧。首先是住在一号房间的山本彩。她说昨晚是在晚上八点半后进入餐厅，直到快十点都在那家店吧。这样一来，她肯定没有机会听到昨晚九点从二号房间里传来的闹钟声响。所以她的证词并没有矛盾之处。"

"没错。那么三号房间的杉浦明人呢？"

"比起这个人，还是先说说住在四号房间的木田京平吧。"

"为什么啊？为什么跳过三号房间，突然说四号房间啊？"

"为、为什么……大小姐，请您多少有点眼力劲吧！"

影山罕见地表现出动摇的神情，他没有回答丽子的疑问，继续将三号房间住户的事往后推，坚定地说着关于四号房间住户的事："说起来，四号房间与二号房间多少有些距离。又加上木田京平从昨晚九点前到今早九点之后，戴着耳机持续玩了十二个小时以上的游戏。如此一来，他应该是听不到二号房间响起的闹钟声响了。木田京平的证词也没有矛盾之处——那样一来，问题就出在三号房间的住户身上了。"

"所以是杉浦明人？别装腔作势了，快点说清楚吧。"

"好的。按照杉浦明人的证词,他在晚上八点多吃完饭,一直到晚上十点多,都在房间里埋头写稿,还将古典音乐当作背景音乐。不过大小姐应该也注意到了,他在工作的过程中,在离他最近的二号房间里,那个闹钟必定一直在响。在这种闹钟的鸣响中,一边听着优雅的管弦乐,一边集中精力创作,这是何等的意志力啊。大小姐,您应该能想象到吧?"

"不,这是不可能办到的。他肯定会听到从隔壁传来的闹钟声,无法进行工作。假设我是三号房间的住户,这种情况下我肯定会发火,去处理那个声音——命令影山你去做。"

"嗯,嗯嗯,说得也是……换作大小姐的话,肯定会这样做……"

如果住在合租房里的大小姐身边还有我来服侍的话——影山小声说了这句话后露出苦笑。丽子没有理他,而是说出了自己的结论:

"我知道了。总而言之就是杉浦明人的证词有矛盾。换句话讲,他说的话不过是听上去有些道理罢了。实际上,他昨晚并没有在三号房间里工作,甚至压根就不在自己的房间。明明不在房间里的他,却撒谎说自己在房间里。为什么会这样呢?——因为杉浦明人就是本次事件的真凶!"

"那个……老实说,我也没有决定性的证据。不过这三位嫌疑人中,只有他撒了弥天大谎。他肯定是隐瞒了什么亏心事。我能说的,只有这些了。"

影山毕恭毕敬地行了一礼,结束了今晚的推理。

8

管家侦探所表述的推理中，并没有直截了当地说出真凶是谁。不过，丽子对他的推理深信不疑，于是对杉浦明人就更加怀疑了。

因此，丽子想尽快要求杉浦来到国立署，在审讯室里对他进行严格的审讯，坦白所有的罪行，好让这次的案件落下帷幕。幻想总是美好的，实际上并不能如此轻松地破案。

于是丽子想到了更好的方案，就是与后辈若宫刑警一同严密地监视杉浦明人。而她们这种质朴的方案，在监视的数天后就奏效了。

"今天白天，杉浦明人独自一人走出日暮庄，乘坐电车后在邻市的西国分站下了车……"和前几天一样，丽子坐在客厅的沙发上，手举着红酒杯，悠然地说着当时的情况，"走出车站的杉浦，朝附近的杂树林走去。那里有一片满是灰色沉淀物的水池。他站在池畔，偷偷环顾四周，随后从口袋里掏出一个黑色的扁平物体——影山，你知道那是什么东西吗？"

"难不成是手……啊，没有……这个嘛，究竟是什么呢？我想象不出来……"察言观色也是他的工作之一。深知此事的影山做出拼命思考的样子。

看到这里，丽子随即仰起她引以为傲的鼻子说："是手机！就是那个从被害人房间里偷出来的手机！杉浦要将手机扔进池子里，妄图销毁证据。当然了，我们不可能坐视不管。于是立刻跑到他的身边，在千钧一发之际，从他手上夺走手机。然后将想要逃跑的他推进灰色的池子里。满是泥渍的他，真的很值得一看。"

"不愧是大小姐，对待坏人绝不手下留情。"

"啊，将坏人推进水池的是爱里噢。我可不会做出这种粗暴的事。"

"经您一说，若宫刑警听上去还真是挺粗暴的……这个嘛，无所谓了。然后呢，杉浦明人把罪行全交代了吗？"

"嗯，他在审讯室里说出了一切，"丽子喝了一口红酒杯中的红色液体后继续说道，"首先很意外的是，杉浦明人和松本雪乃实际上是那种很亲密的关系。"

"这样啊，原来两人是那种关系啊。"

"嗯，是的。案件发生的前一天，果然和影山你的推理一致。那天夜里，杉浦并没有在三号房间里工作，他压根就不在日暮庄，而是偷偷跑到其他女生家里了。他看到雪乃小姐火急火燎地前往医院，心想她短时间内应该不会回家。"

"原来如此，所以杉浦就安心地出门，去见其他的女友了……"

"没错。然后经过一晚上时间，当松浦第二天早上九点回到日暮庄的时候，竟意外发现雪乃小姐早已回到二号房间。而且偏偏就在这一天，雪乃小姐起床了，还听到了杉浦上楼的脚步声。就在杉浦快要回到房间的时候，他被雪乃小姐逮住并拽进了二号房间。雪乃小姐这样质问他：'我出门的这段时间，你都干了些什么？'。"

"但是杉浦并没有回答。最终，二号房间便成了战场。"

"嗯，是的。不过二人之间的争吵并没有持续太久。因为杉浦过去曾出轨过数次，雪乃小姐也隐约察觉到对方是谁了。于是她对杉浦说出了深藏已久、能让他瞬间哑口的话：'我要让对方知道咱们之间的关系！'听到这话后，杉浦脸都青了。因为他的出轨对象——好像对他而言，那个女性才是他的正牌女友——是好人家的大小姐。杉浦绝对不想错失这种对象。"

"所以慌张的杉浦便怀着杀意，袭击了对方吧？"

"大致就是这么一回事。顺便说一下，行凶的时间是上午八点五十五分。也就是当第二个闹钟响起，雪乃小姐将其关上后，她就被松浦袭击了。凶器是碰巧放在床上的毛巾。被勒住脖子的雪乃小姐很快就失去了意识，然后倒在床上。突然反应过来的杉浦，慌忙松开手上的毛巾，然后将同样放在枕边的她的手机夺走，偷偷离开二号房间。就在他快要离开房间的时候，第三个闹钟响了。所以实际的犯罪时间只有短短的三分钟。"

"原来如此，是上午八点五十八分响起的那个机械表。杉浦应该单纯地认为那只是一个闹钟了。但他可能做梦都不会想到，那个闹钟在前一天晚上，在相同的时刻里也曾响过。所以他才会撒了那样的谎。"

"嗯，确实如此。"分明不是自己解开的谜团，但丽子却非常开心，然后用悠闲放松的态度，独自举杯庆祝。

影山向丽子的玻璃杯中倒入新的红酒。

"真不愧是大小姐，真是一次精彩的行动。"

影山说完，便不动声响地露出微笑。

第五部　两支烟工夫的不在场证明

1

"哟，山川。最近过得怎么样？好好享受暑假了吗？"

隔着手机传来的是大学社团好友塚本佑树消遣般的声音。

"算了，反正你也就那样了。我很清楚，你现在肯定闲得没事干吧？"

可恶，你懂什么啊？谁闲得没事干啊！我每天都要和女友一起看电影、吃饭；要和朋友一起去海里游泳；还要和一起打工的同事去多摩川举办烧烤大会，过得可爽了！——要是可以如此反驳他，想必会很痛快吧，可恶！

但是山川纯平并不擅长撒谎："还行，过得还可以。"他模棱两可地回复道。实际上他的生活非常乏味，每天只是在打工地点与自家之间往返："那塚本你又过得如何呢？"

"我？我每天都在忙着打工。我才从立川工作的地方下班，而且刚从公交车上下来。车里都是要回家的上班族，我都挤出汗了。"

"啊，是吗是吗？"——呵呵，看来这家伙每天的生活也挺无趣的！

想到这里，山川在心里露出邪恶的笑容。山川的脑海中很快浮现出大汗淋漓的塚本拿着手机走夜路的样子。"大家都不容易啊。"他用这句话试探道,塚本则如实回答:"是啊。不过这周日我要跟女朋友一起去看演唱会,就是那个最近很火的'多摩兰坂46'的演唱会。我现在就超级期待!"他充实的生活惹得山川大为恼火。

——可恶,你就是这点惹人嫌!

塚本祐树是大学电影研究社的朋友。他是个性格豪爽还很帅气,而且还是个头脑聪明且行动力很强的努力型男生。因此他很受前辈的信赖和女性成员的追捧,才大二的他就已经在社团里占据领导地位。山川十分厌恶这样的塚本。不对,并不能说是厌恶,这不是喜欢或者讨厌的问题,只是觉得他"有些碍眼",希望他能消失。

"所以塚本,你找我有什么事吗?我现在忙得很。"

事实上只有他拿着团扇的右手忙得很。山川现在正独自坐在客厅的电视机前,将手机贴在耳旁通话。

"啊啊,抱歉。那我简单说明一下,实际上就是社团朋友们想一同出去避暑。山川你也会去吧?反正你不是也很闲吗?"

这个混蛋,最后一句话太多余了,"嗯,我会去的。虽然我并不闲,但我会去的。"

"那你说一下你哪天有空吧。盂兰盆节之后,可以的话最好在二十号之后。"

山川看向挂在墙上的日历。他看着除了打工之外其余都是空白的日程栏假装进行思考,间隔了很长时间后才开口道:"我有空的时间是二十号、二十一号、二十二号、二十三号……啊，不不不，二十三号我和朋友有约了……"

事实上那天并没有安排。山川并没有所谓的"朋友"，因此不会有约。

"哈？朋友？真的吗？你居然有朋友……"

塚本的直觉在不必要的地方特别灵敏。山川只得继续说出拙劣的谎话。

"当然是真的！总之二十三号我没空。不过二十四号、二十五号都行。这样可以了吗？"

"啊，足够了。我先调整一下时间。"

"不好意思啊，麻烦你了。"山川暂且感谢道。随后两人又闲聊了一会儿，并交换了社团朋友时间的情报。聊到差不多的时候，山川问道："对了塚本，你刚才突然提到的女朋友，难不成是水泽优佳？你是要跟水泽优佳一起去偶像演唱会吗？等等，你真的在跟她交往？"

"这种事无所谓了，你就当没听到吧。"

虽然他这样说，山川实在不能装作没听到。水泽优佳也和他们一样是电影研究社的成员。除了塚本，聚集在研究社里的都是些邋遢男生，而水泽优佳在这里相当于"插在牛粪上的鲜花"或者"死宅们的公主"。对水泽优佳抱有好感的成员不在少数，不说别人，山川自己就是其中之一。

他的耳边响起了塚本炫耀胜利的声音。

"好啦，我的确在跟水泽交往。我并没有隐瞒，社团朋友们大多应该都知道了。啊,不过这件事回头再跟你聊。我已经到家门口了,安排好时间后再联络你。拜拜。"

说完,塚本就单方面挂断电话。山川注视着沉默下来的手机。

"可恶的家伙!你干脆找块豆腐撞死吧!不,找个钝器撞死吧!"

他说出了最狠毒的话。手机屏幕显示的时间是晚上八点。

第二天早上,塚本佑树被人发现,他果真被人用钝器的一角击中额头身亡……

2

在国立市西二丁目的公寓楼"吴竹庄"里发现了离奇死亡的年轻男性尸体。看上去是杀人事件……

在盂兰盆节即将开始的星期一清晨,这个消息传遍了国立署的辖区。

这时丽子正在国立市内某处的宝生宅邸的寝室里熟睡。她睡眼惺忪地将手机贴在耳旁,在得知这个消息后的下一秒立刻掀开被子,从挂有床帐的床上跳下来,仅用一百二十秒就做好了出门的准备。丽子一边从楼梯上跑下来,一边对担任司机兼管家的男子下达命令。

"影山,来案子了!没时间慢悠悠地享用早餐了,立即把车准备好!"

不知道是不是影山的理解出现了偏差,他准备了一辆全长达七米的加长轿车。宝生家的大小姐丽子确实非常适合乘坐这辆高级汽车，可是国立署的现任刑警并不适合乘坐这种车赶往现场。然而现在已经没有时间埋怨了。丽子坐进后排的航空座椅上，一边整理着黑色西服的袖口，一边告诉坐在驾驶座的影山目的地："去西儿金目一个污初庄的猴寓。快点。"

听到这里，就连影山也露出困惑的表情。他转头看向后排，向丽子提议道："那个，大小姐。您咬着烤面包说话，是否有些不太合适……要是老爷看到的话肯定会叹气的。您现在就像动漫里'转校第一天却即将迟到，只好咬着面包跑着去学校的慌张女高中生'。"

"嗯……"丽子将嘴里的面包咬了一口后便用手拿住，"哈，'转校第一天却即将迟到……'是什么啊？你说谁是可爱的女高中生？"

"不，我并没有这么说……"管家通过后视镜看到丽子的样子后露出无奈的表情，然后他拉回主题，"大小姐，您说的'污初庄的猴寓'究竟在哪里？"

"是吴竹庄！不是猴寓，是公寓！在西二丁目，你开快点！"

丽子下达命令后，影山应道"遵命"，将目光投向前方。下一秒，载着两人的加长轿车突然发动，又猛地加速。它以勉强符合法律规定的最大时速，安全且平稳地赶往案发现场。当丽子将剩下的烤面包全部吃进肚子里时，轿车早已到达目的地附近。只是高级加长轿车无法停在案发现场的公寓楼附近，因此丽子在距离目标公寓还有一小段距离的地方下了车。"那我先走了。"

丽子说完这句话后便戴上工作用的平光眼镜。影山也恭敬地躬身行礼。

"期待大小姐能够大显身手。"

"嗯,好好期待吧。"丽子强有力地回答后,便朝现场跑去。

到达目的地后,四周是贴有瓷砖围墙的"吴竹庄"映入眼帘,看上去极具年代感。周围的警车以及众多穿着制服的警官引人注目。丽子穿过狭窄的门口进入楼内,她踩上生锈的室外楼梯,二楼的走廊聚集了大量搜查人员。

在这群搜查员之中,一名年轻女子眼尖地注意到丽子,然后跑到她身边。她就是国立署刑事课备受瞩目的新人,若宫爱里刑警。"前辈,早上好!"

后辈刑警天真烂漫地低头致意,她的着装仿佛是要去参加入职面试的那种灰色套装。这与身穿高档黑色套装的丽子形成了对比。

丽子尽可能地展现出"美丽飒爽的前辈刑警"的样子。

"若宫,早上好。直接进入主题吧,现在情况怎么样了?"

丽子用前辈风格的严肃语气问完后,后辈不知道想到了什么,在丽子耳边低声道:

"请放心前辈。风祭警部还没有到。"

"好……"不不不,没什么"好"的!爱里,你会错意了!"我问的不是警部,而是案件的情况!爱里……不,若宫刑警!"

虽然丽子也十分在意警部,但她更想先掌握案件的情况。

听到这里,若宫刑警意外地说道:"什么啊,原来是指这个啊……"丽子完全不理解她意外个什么劲。这位从早上开始就展现出天然呆气质的后辈急忙拿出警察手册，指着眼前的门讲解起案件的概况。

"被害人是住在205号房间的塚本祐树先生。他是一名就读于私立七桥大学的二十岁大学生。今天早上六点半左右，住在隔壁206号房间的男子发现头部出血的他倒在厨房里。报警人也是这位男子。"

"这样啊，我知道了。先看看遗体吧。"

丽子说完这话后便踏进205号房间的玄关。厨房就在玄关旁边，遗体仰面躺在厨房的地上。丽子走进屋内后，用手指推了推平光眼镜的镜框，认真观察起这具离奇的尸体。

这位男性眉眼清秀，体型中等，肤色较一般男性来说略微偏白。白色T恤外套着一件黑色长袖卫衣。为了防止晒黑以及预防冷气等问题，最近有不少人会在夏季穿一件薄的长袖卫衣，因此他的这身打扮并不稀奇。他的下半身穿着藏蓝色的牛仔裤，整体给人留下时尚的印象。

男子的额头上有一道像是被重物殴打产生的伤口，流出的血液也蔓延到厨房的地板。丽子摸了下遗体的手肘和肩部，确认关节的变化后，迅速站了起来，她指着眼前的遗体大声喊道：

"爱里……不，若宫刑警，你来看看这个！"

"到，我正在看，怎么了？"

"那就这样看着他，仔细听我说。"

丽子强势地说道："首先，被害人穿着时髦的长袖卫衣，不论怎么看都像是外出的装扮。所以被害人是今天早上准备外出时遭到袭击的吗？不，不是。遗体流出的血几乎干了，关节部位也出现了死后僵直现象。由此可以判断出行凶时间不是在今天早上，而是昨天晚上，而且是被害人刚从外面回来的时候。也就是说，被害人昨天晚上刚回到家，还没来得及换上居家服就遭到凶手袭击，丧失了生命。一定是这样。"

"原来如此。说得很有道理！不愧是宝生前辈！"若宫刑警的眼睛闪闪发亮，称赞着这位前辈，"简直就像风祭警部的那种名推理！"

"啊？是、是吗？"——听上去是这样吗？不过，爱丽，"像风祭警部"这种话根本不是夸奖！对我而言简直是一种辱骂！

丽子不禁垂头丧气。此时，远处的引擎声传入她的耳中。这个似曾相识的引擎声确实正接近这里。等这个声音达到震耳欲聋级别的时候，引擎声又像被施了魔法般突然安静下来。不会有错了。

那个传说中的男人，风祭警部驾驶着爱车捷豹抵达现场……

室外楼梯传来了轻快的上楼声。紧接着玄关门外的众多男性搜查员齐刷刷地敬礼。在屹立不动的部下迎接之下，205号房间内迎来了一个特征鲜明的人，果然是风祭警部。

他穿的白色西装是夏季麻布材质，这身造型会让人误以为他是好莱坞的反派。无论多么炎热的天气，黑色衬衫以及鲜红领带永远是他不会换下的必备道具。

风祭警部刚看到自己的部下们，就开始滔滔不绝地说个没完。

"呀，让你们久等了。实在是因为我的捷豹不幸地遇上堵车。虽然我的捷豹是顶级英国车，但一遇上堵车，它也难以突飞猛进。要是我的捷豹能改成警车外形的话估计就另当别论了，但我的捷豹……"

够了够了，谁管你这家伙的土豆①怎么样啊！

难以压制急躁情绪的丽子在心里称呼上司为"你这家伙"（还顺带将英国名车称为"土豆"）。但她没有将愤怒表现在脸上，而是平静地迎接上司来到案发现场。若宫刑警再一次将被害人的基本信息告诉上司。

警部一边听着部下的介绍，一边和刚才的丽子一样蹲在遗体旁边，仔细检查起服装与伤口的情况。随后他又检查了遗体手肘与肩膀关节的变化。最后警部迅速站起身，指着眼前的遗体大声说道：

"宝生君，还有若宫君，你们看！被害人穿着长袖卫衣，这是外出的装扮。那么被害人是在今天早上准备外出时遭到袭击的吗？不，不是——换句话讲，昨天晚上被害人刚回到家，还没来得及换上居家服，就遭到凶手的袭击并丧命。一定是这样！"

若宫刑警如同看重播的动漫一样，看着上司自信地说出自己的推理。她转头看着丽子，悄悄说道："前辈！你看，我说得没错吧？"

---

① 日语中土豆与捷豹的发音非常类似。

面对后辈胜利般的笑容，丽子无言以对。

塚本祐树的遗体终于被担架抬出205号房间。厨房地板上只剩下标示遗体轮廓的白线和干涸的血迹。

"若宫君，你先把第一发现人带过来。我想仔细了解一下遗体被发现时的状况。"

警部下达命令后，新人刑警精神十足地应了一声"好的"，便离开房间。警部目送着部下离开，故意用丽子能听见的音量说道："大清早的，这人就发现离奇死亡的尸体？而且还是在隔壁房间的厨房里？这未免也太可疑了——我说得对吧，宝生君？"

"嗯……"的确很可疑，但根据丽子以往的经验来看，风祭警部觉得可疑的人都不可能是犯人——警部，难不成这次还要走这条老路？

就在丽子这样想的时候，若宫刑警将一名身材瘦削的中年男人带到了她的面前。

"井上胜夫，今年42岁。"男子如此介绍道，此人在国立站前的一家营业到凌晨的居酒屋工作。当警部问到他与被害人的关系时，他像是怕麻烦似的摇了摇头："刑警先生，我跟他之间没什么特别的关系，我们两个人就是普通的邻居。"

"是这样吗？既然你说，你们只是普通的邻居关系，那你为何会发现被害人倒在205号房间的厨房里呢？这一点能请你解释一下吗？"

警部投以怀疑的目光，但井上胜夫却炫耀般地挺起孱弱的胸膛。

"因为房门是开着的。我上完夜班，早上六点半左右回到这幢公寓楼的时候，隔壁的玄关大门就是打开的状态。嗯，当时房门大开。这么早就将玄关房门打开是很不自然的。实际上我从未遇到过这种情况。觉得不可思议的我，在路过门前的时候偷偷往里面看了一眼，然后……"

"然后就看到被害人倒在厨房的地板上，是吗？"

"是的。我急忙进去喊他。但塚本先生额头受伤，身体也已经冰凉。于是我立刻拨打110报警。"

"原来如此，我知道了。你可以走了，"风祭警部如此说道，看来是要暂时放第一发现人离开，当他正要转身离开案发现场时，"啊，对了对了，还有一件事……"警部竖起食指，问了一个精准的问题。"以防万一我再确认一下，你昨天晚上在哪里做了什么？"

"这是、是要调查我的不在场证明吗？我和这件事一点关系都没有……"

"别紧张，就是形式上问一下。你方便回答一下吗？"

"那个……昨天傍晚到晚上七点多，我都一个人待在房间。后来我离开房间去了'日出食堂'。从这里走一小会儿就能走到那个饭馆。我到店门口的时候恰好是晚上八点。我在店里待了一个小时左右，然后走去车站前的居酒屋工作。直到今天早上我都和武藏亭的同事们在一起。刑警先生，要是你认为我在说谎的话就请去调查看看吧。"

"这样啊。不，没必要去调查，我相信你的说法。"

警部说完后露出一个极致的微笑，像是要给人留下表里如一的印象。井上胜夫这才松了一口气，随后独自离开了205号房间。他的背影刚从警部眼前消失，警部就将笑容收起，换上无比冷酷的表情，对部下命令道。

"若宫君，你去趟日出食堂和武藏亭，调查下他昨晚的行程。"

这种变化让若宫刑警呆若木鸡。"警部，你这是完全不信任他呀。"

"这是当然的。他说玄关大门恰好全部敞开，这听上去太假了。而且怀疑第一发现人是搜查的铁律。若宫君，麻烦你了。啊啊，等等，宝生君！你不必一起去，就留在这里吧。"

"嗯?! 可是警部，怀疑第一发现人是办案的铁律……"

"确实如此，但是该怀疑的不只是第一发现人吧？"警部只有在这种时候才能难得地说出正常的意见。随后他失落地对丽子下达命令，"宝生君，你和我一起在周围打探情报吧——可以吗？"

对于上司的命令，丽子只得勉强应道："好的。"

3

于是丽子不情愿地与风祭警部组队打探情报。他们敲打着吴竹庄各家的房门，等住户们现身后便对他们询问起"昨天晚上有没有听到什么奇怪的声音？""有没有看到形迹可疑的人物？"等问题。然而多数住户只是露出诧异的表情，只有一位住户提供了有价值的消息。

那是住在202号房间的女大学生。她叫北原理奈，她说自己昨晚目睹了塚本祐树回家的样子。听到这个重要的目击证词，两位刑警都紧张起来。丽子立刻提问道：

"大概是几点发生的事？"

"正好是晚上八点。"女大学生极其自信地回答道。

丽子反而觉得有些可疑。"为何你记得如此清楚？"

"因为我家玄关有时钟。你看。"说到这里，北原理奈指向鞋柜上方。

鞋柜上方的确摆着一个电子时钟。下一秒，风祭警部见缝插针似的卷起袖口，将引以为傲的劳力士伸到丽子眼前，仿佛是想让丽子用这个高级手表确认电子时钟是否准确。丽子委婉地推开上司伸来的无比碍事的手臂，然后用自己佩戴的蒂芙尼手表确认时间。经过比较，确认电子时钟显示的时间无误后，丽子满意地点了点头，一旁的警部则一脸的不满。

北原理奈开始对二人解释起昨晚的事情。

"昨晚我只微微打开过玄关房门。其实并没有什么重要的事，只是想把几天前挂在门外把手上的雨伞收进来，要是被偷走那就坏了。就在我打开门的时候，恰好隔着门听到了走廊传来男人的说话声。他似乎在跟谁打电话。记得他说'我已经到家门口了''回头再联络你'之类的话。等他的声音消失后，我才慢慢打开房门。"

"那时你看到塚本先生的身影吗？"丽子问道。

"对，是的……不……"北原理奈突然有些吞吞吐吐。

"是的……不？到底是看见了还是没看见？"

"准确来说，我没有看清塚本先生。我只看到了背着背包的身影消失在205号房间。我和塚本先生偶尔会在走廊或是楼梯上擦肩而过，但只是那种见面后会寒暄几句的交情，所以我见过几次他背着褐色背包的身影。因此看到背着背包的背影消失在205号房间的时候，我就在想：啊，塚本先生到家了。"

"原来如此。当时玄关的电子时钟显示的时间是晚上八点，对吗？"

这时风祭警部在一旁插嘴问道："你知道被害人当时在跟谁打电话吗？对话的过程中有没有提到对方的名字？"

听到这里，北原理奈双手抱胸思考了一会儿，最后遗憾地摇了摇头。

"对不起，我记不清了。"

再问下去估计也没什么用。两位刑警只好道谢并离开这里。

对周围邻居的询问结束后，丽子和风祭警部回到了205号房间，随后重新检查起被害人的背包。背包被随手扔在厨房隔壁的客厅入口附近的地板上。这与北原理奈的证词一致，背包是褐色的。但它并不是时尚白领上班时使用的那种时髦背包，而是那种即便背着前往高尾山也没有违和感的运动背包。反正很适合大学生当书包使用。

背包鼓鼓囊囊的，也不知里面塞了多少东西。打开背包，里面装有各种东西，笔记本电脑、游戏机、纸质文件、文具，姑且还有学生使用的参考书和文库本。可是看完这些东西，警部不满地叫了起来。

"喂喂喂，手机跑哪里去了？不论是智能手机还是翻盖手机都没有啊！"

"遗体的口袋里也没有发现手机之类的东西。"

"那就是被凶手拿走了。这么说的话，被害人身上也没找到钱包。难不成是为了抢劫才犯罪的？"

"也有可能是伪装成抢劫的犯罪……"

丽子谨慎地回应道，然后再次检查起背包。不一会儿，她就从背包内侧袋子里找出被害人的记事本。迷你的记事本旁边还有配套的迷你圆珠笔。记事本里用一丝不苟的文字写下日程安排。丽子翻开写有今日日期的页面，视线随即停留在备忘栏。

上面写有一串有着某种含义的数字。20、21、22、23——不过23这个数字用斜线胡乱画掉了——接着写的是24、25。丽子用手指按在有问题的这一页，将记事本递给警部。

"这些是什么数字？是日期吗？"

"嗯，或许吧。但这与案件应该无关。"

警部不感兴趣地说道，然后合上记事本。

丽子突然想到，这些数字可能是破案的关键——这莫非是职业病？风祭警部的部下都会患有这种病吗？

丽子的内心感到不安，然后缓缓摇了摇头。就在这时，一位男性搜查员进入客厅，在风祭警部耳边说了几句话。警部的表情瞬间紧绷起来。

"什么？昨天晚上这个公寓出现了形迹可疑的男人……行，我知道了！"

警部还没喊完，就扔下记事本，一个箭步便冲出房间。他的气势让丽子瞠目结舌，丽子回过神后便迅速跟在上司身后。

4

风祭警部离开205号房间，顺着室外的楼梯跑下楼。狭小的门前站着两个穿着制服的警官。一位年轻男性被夹在二人中间。

"就是这个男人吧？"警部说完便跑到男人身边，像是在打量外貌一般凝视着他。男人的脑袋被剃得光溜溜的，穿着印有骷髅的品位低俗的T恤，露出的手臂上有劣质刺青。"嗯，的确很可疑。简直是可疑的特卖会……"

听了警部的话，光头男立刻拉下脸，直直地瞪着眼前的警部。

"喂喂喂，刑警先生，你是不是搞错了？我可一点也不可疑。而且是我看到了可疑的男人。"

"什么，这么可疑的你看到了可疑的男人？可疑的你看到了比你更可疑的人……"

"我都说了我不可疑！"

"是吗……"风祭警部朝丽子露出困惑的表情，然后正经地问道，"喂，宝生君，这家伙到底在说什么？"

"警部，就是字面上的意思，"丽子叹了口气答道，"是他昨晚在这附近看见了可疑的男人——是吧？"

"对，就是这么一回事。看来还是你比较好沟通。"

要是跟风祭警部相比，的确是这样——丽子不禁露出苦笑，主动走到光头男身边问道："你是这幢公寓的住户吗？"

"不，我不是。"男性解释道。他叫冈部浩辅，是在这附近建设公寓的施工队工人。他说昨晚恰巧在这幢公寓门口看到可疑的男人。丽子觉得有些不对劲便继续追问道。

"你明明不住在这里，为什么会在公寓附近出现？"

"不是的，其实在哪里都行……我就是想补充一下尼古丁……"

看来是在路上抽烟啊。丽子继续问道。

"你大概是几点钟在这里抽烟的？"

"大概是昨天晚上八点左右。"

风祭警部立刻对这句话有了反应。"你说什么？昨天晚上八点左右？你说在那时看到了可疑的男人是吧——是怎么样的男人？怎么可疑了？是比你还可疑的男人吗？"

"都说我不可疑了！"冈部朝风祭警部怒吼道，等他闭嘴后才按照时间顺序讲述起昨晚的事情，"昨晚八点左右——虽然这样说，但我并没有看表，因此不能确定是八点前还是八点后——那时我刚下班回家，走到这附近正好想抽支烟。所以我背对着公寓围墙，蹲在地上点燃了烟。大概五分钟之后，有个男人从马路对面走过来，进入了公寓。"

"等等。你怎么知道是五分钟左右？你不是没看表吗？"

"对，我没看表。但像我这种每天都抽烟的人，不用看表也能知道。"

听到他自豪地说着这段话，丽子灵光一闪。"这么一说，我听说抽完一支烟大约需要四分钟。当然这也是因人而异的事了。"

"对。我的话大约需要五分钟。从把烟点燃到快要烧到滤嘴——啊，危险！再多抽一口就要烫到手指了！——像这样完美地抽完一支烟需要五分钟。对，就是这样。"

"这抽烟方式真够蠢的……"就连警部都愣住了。

"这抽烟方式太伤身了……"丽子也目瞪口呆。

然而不论是不健康还是不聪明都没有关系。总之，以他的抽烟方式，抽完一支烟需要大约五分钟。捋清思路的丽子回到主题。

"你开始抽烟的五分钟后，也就是抽完一支烟的时候，一个男人从门外进入公寓了？那么，是怎样的一个男人呢？"

"是个胖子。不过当时的我蹲在离门口四五米远的地方，周围又暗，而且时间又短，所以我没看清他的脸。"

"这样啊。但是只是进了公寓的话，也没有什么可疑吧？"

"对。最开始我也没在意。但问题在这之后。看到那个胖子后，我又点了第二支烟。就在抽到快要烫嘴的时候……"

"就是又过了五分钟左右对吧。这时发生了什么？"

"那个胖子夺门而出。而且这次是朝着我这头跑。他看起来可慌张了，压根没看到蹲在围墙边的我。就在他差点踢到我的时候我连忙闪身，然后我便朝这个逃走的男人骂道'白痴，这样很危险的'……"

"你骂出声了？"

"不，我本想骂出声。一想到大晚上的，这里又是住宅区，觉得给周围造成麻烦不太好，所以就没骂出声。"

"搞什么啊，你就应该骂出声！"风祭警部扭过身喊道，随后用像是要上前拽住眼前这个男人一般的气势喋喋不休地说道，"为何在这种时候才担心给别人添麻烦？直接大声骂出来不是更好吗？这样或许就能知道准确时间了！"

"好了警部，不要那么激动……"丽子安抚着上司，同时觉得他说的有一定道理。如果当时冈部浩辅能大声呵斥的话，附近肯定会有居民能够听到。就结果而言，很可能得到更准确的时间。

但不论如何——"虽说只能知道个大概的时间，不过这个慌张夺门而出的男人就是杀害塚本的凶手。警部，可以这样考虑吗？"

"嗯，应该可以。"警部赞同地点了点头，再次看向光头男，"喂，那个可疑的男人除了体型外还有别的显著特征吗？"

"嗯……当时我是蹲着的，只在擦身而过的时候抬头看了一眼，所以没有看清他的脸和衣服。不过应该是黑色的衣服。"

根据冈部浩辅目击到的情形，简单概括一下就是这么一回事：昨天晚上八点左右，一个长相与服装不明的肥胖男子独自闯进吴竹庄的大门，大约五分钟后又慌张地跑了出来。毫无疑问，这份证词十分重要，就是听上去让人有些不耐烦。

此时丽子说出突然想到的问题：

"那个胖子手上有没有拿着什么东西？"

嫌疑人夺走被害人的钱包和手机，而且案发现场没有找到任何可以充当凶器的物件。因此很有可能是嫌疑人带走了凶器。那么嫌疑人或许会拿着书包之类的东西。丽子基于这点进行提问，冈部听完后像是突然想到什么似的回答道：

"说起来，那个男人好像拿着袋子。进门的时候还空着手，出来的时候一只手紧握着像是塑料袋一样的东西。肯定是这样。"

向冈部浩辅询问完情况后，若宫刑警回来了。

"警部，我从日出食堂还有武藏亭调查回来了。"新人刑警像是尚未冷静下来一般，激动地说着。然后她迅速拿出记事本，在上司和前辈面前得意扬扬地汇报调查成果："井上胜夫说的应该是真的。他昨天晚上八点的确在日出食堂，点了炸猪排饭和无酒精饮……"

"啊啊，好的，我知道了，"风祭警部冷漠地打断部下的汇报，接着说出简单粗暴的结论，"对，井上胜夫不是嫌疑人。这已经是不在场证明之前的问题了。因为他怎么看都不是'胖子'——什么，你问敞开的房门？这种问题你只要当嫌疑人慌张逃走时没来得及关门，不就说得通了吗？总之就是这么一回事——辛苦你了，若宫君。"

风祭警部象征性地说了一句，然后将白色西装的背面冲向若宫。

还没接受这个状况的若宫刑警呆若木鸡，垂头丧气地说道："前辈，我不在的这段时间里发生了什么？"

看着后辈用悲伤的眼神问道，丽子无言以对。

5

在国立署刑事课各位刑警的拼命调查下，最后找出了三位嫌疑人。三人都是七桥大学电影研究社的成员，或是与社团紧密相关的人物。而且他们的住所都离案发现场吴竹庄不远，三人还都是胖子。

宝生丽子和若宫爱里刑警直接拜访了这三位嫌疑人。

顺带一提，风祭警部则是将这项单调无趣的调查工作交给部下，似乎有着"我只享用最后的美味"这种美好幻想——但他能如愿以偿吗？还有，"最后的美味"究竟是什么啊？

若宫刑警露出充满活力且喜不自禁的表情，无视了正纳闷的丽子。或许是因为自己能与一直崇拜的、聪明貌美且温柔的前辈组队调查，从而发自内心地感到开心吧——丽子擅自解释了她的这种行为。虽然不知道实际原因，但事实一定是这样！

丽子带着后辈刑警，来到第一位嫌疑人的家门前。

嫌疑人叫栗山厚史，是七桥大学电影研究社的大三学生，比被害的塚本祐树大一届。他住在距离吴竹庄约五百米远的公寓。

按下门铃，房门很快就打开了。探出头的是个体型富态的男人，看上去非常符合嫌疑人的条件。看到对方后，丽子立刻冲后辈使了个眼色。"很胖吧？""对，没错！"如果将这段话说出口会非常没礼貌，因此两人用眼神进行交流。但栗山厚史却是一脸惊愕。

这也在所难免，邋遢男学生的家门口出现了两位各具特色的美女，他肯定会被吓到的——丽子自信地这样想着，缓缓向他出示警察手册。"我是国立署刑事课的宝生。"

"你、你是刑警？"栗山厚史瞪大眼睛看着丽子，他用粗大的手指指向站在旁边的另一个人，"那这个小姑娘又是谁？"

听到自己被称作"这个小姑娘"，若宫气得涨红了脸："太、太没礼貌了，"她也出示了警察手册然后喊道，"我是同属刑警课的若宫爱里。"

"哦，这样啊，是爱里啊。"栗山厚史很神奇地不把爱里当回事，他或许是更想和戴着眼镜的知性女刑警打交道，于是径直看向丽子。"刑警小姐，你是想问什么事？应该是关于塚本祐树被杀的事吧？"

"你说得没错。你和塚本先生是同一个社团的学长学弟吧？"

"对，我们只是这层关系。"栗山的反应很冷淡。

但是根据调查，两人并非"只是这层关系"。

栗山喜欢的一个女生，是同一个社团内叫水泽优佳的学生。不过这位女生最近与其他男生开始交往。交往对象不是别人，正是塚本祐树。也就是说栗山被比自己小一届的后辈塚本抢走了心爱的女人。不，准确来说水泽优佳并不是栗山的女朋友，所以并没有被抢走，不过在栗山厚史看来这是在横刀夺爱，因此怨恨对方。人世间，因为怨恨而杀人的罪犯并不在少数。

当丽子询问这方面的事情时，栗山坦然承认自己怀有杀意："对，我的确因为水泽优佳的事怨恨塚本，甚至想杀了他。"若宫刑警突然"啊"了一声，摆出不靠谱的备战姿势。但栗山很快就果断地摇起头。"但是我没杀他。我怎么可能杀了他？就算我杀了塚本，水泽小姐也不一定会跟我交往。不，应该说有很大的可能性是她压根就不想和我这种人交往——对吧，刑警小姐？"

"嗯，要这么说也是……"

"可能就是这样……"

"这种时候就请你们稍微否定一下啊！气死我了！"栗山涨红了脸，狠狠地跺了跺脚。

——明明是你自己这么说的，为什么还要生气啊？那你要我们怎么回答啊？

丽子压根就不知道正确答案。不过总而言之，就他这种直接且易怒的性格，动机的合理性已不是问题。出现这种想法的丽子对他提出最为关键的问题："案发当晚，你在哪里，在做些什么？"

"案发当晚，我一直一个人待在这个房间里，所以没有不在场证明。不过晚上八点多的时候，有快递员送快递过来。我记得是八点十分左右，起码能证明我这个时候在家待着。不知快递员是否还记得我的脸和配送时间。"

栗山厚史就这样说完了自己那含糊的不在场证明。

丽子她们接着前往另一栋公寓，只需从栗山厚史的家步行就能走到。住在一楼的第二位男性嫌疑人是梶智也，他也是七桥大学电影研究社的成员。不过，梶智也与被害人同是大二学生。

丽子站在门前按响门铃，开门的是体型富态的男性。两人给人留下的印象极度相似，丽子误以为刚刚道别的栗山厚史再次出现了。

丽子没有将惊讶表现在脸上，冷淡地介绍道："我是国立署的宝生。"

听到丽子的介绍，梶智也做出与刚刚的大三学生如出一辙的反应。

"什么，你是刑警？还真是看不出来——那边的小姑娘是谁？"

"那边的小姑娘"若宫再次感到愤怒："真是够了！"她举起警察手册，"我是若宫爱里，也是刑警课的刑警！"

"啊啊，你也是刑警啊？真是不好意思……"对方形式上道了个歉，然后将目光转移到丽子身上，诧异地问道，"是想问我有关塚本祐树被杀的事情吗？难不成是在怀疑我？"

"不，并没有怀疑你，"丽子露出极具亲和力的微笑，"这只是常规的调查。"丽子如此说道，目光却看向他突出的肚子。

梶智也对塚本佑树持有的杀人动机，与刚才的栗山厚史相同。

听到丽子的询问后，他立刻激动得涨红了脸，喋喋不休地说道：

"我、我的确喜欢水泽优佳同学。但再怎么说，我也不可能杀害塚本。就算我杀了塚本，水泽同学也不一定会跟我这种人交往。而且拒绝交往的可能性更高。我说得对吧，刑警小姐？"

被问到的瞬间，两个刑警立刻紧张起来。

"这个，不不不，没有这回事……"

"对呀，说不定她会同意交往……"

"两位刑警小姐不用同情我了！我清楚自己不受欢迎！"

——够了，是你在引导我们安慰你吧！不要再问这么难的问题了！

在心中抱怨的丽子，依旧不知道这个问题的正确答案。为了避免麻烦，她迅速问出重要的问题："梶智也先生，案发当晚你在哪里做了些什么？"

"案发当晚我一直一个人待在屋里——什么？有没有快递员上门？不，谁都没来过。啊，不过说起来，案发当晚我的确出去过一次，我去确认了公寓的信箱。这幢公寓把所有住户的信箱都放在楼梯下面。我在那里还碰巧遇到了其他住户，是住在二楼尽头的女生。我们偶尔会碰到，她应该记得我，你们去问问就知道了。"

"原来如此。顺带再问一下，你是在几点见到那位女生的？"

听到丽子的问题，梶智也稍微考虑了一会儿回答道。

"七点的猜谜节目刚结束，所以是晚上七点五十五。"

第三位嫌疑人是叫松田博幸的三十岁男性。他与妻子两人居住在一起，就职于东京市中心的某家电影制作公司。他的住所离七桥大学很近，是步行就能走到的住宅区，距离吴竹庄也不远。房子是时髦的独栋住宅，看上去洋溢着幸福感。

看到站在玄关前的丽子两人，松田博幸露出惊讶的表情。他眼睛瞪得跟橡果一样大。"啊？你是国立署的刑警？我印象里刑警都是强壮的男性，这很出乎意料啊——旁边这位也是刑警吗？"

"真是的，别看我这样，我也是刑警！"说到这里，若宫刑警将警察手册伸到他的眼前。瞬间，奇妙的静寂笼罩在门前。

松田不明就里地眨了眨眼睛："那……那个，我也是这样想的。我刚才不是这样说的吗？"

"对不起！刚刚是我没仔细听清！实在不好意思！"若宫刑警说完便快速收起警察手册，然后九十度鞠躬道歉，"真的对不起！"

看到后辈的傻样，丽子不禁露出苦笑。两位刑警走进客厅，在招呼下坐在餐厅的椅子上。松田亲自倒茶招待她们。"抱歉，只能用这种东西招待你们。我妻子还没回家，她回家一直都比我晚……"

看来在外工作的妻子不在家，这样反倒是询问案情的好机会。丽子再度观察起眼前的男子。有着圆润肚子的他穿着短袖居家服，称其为"胖子"也算合理。丽子立即问道：

"你认识塚本祐树先生吗？"

"当然，"坐在两人对面的松田平静地点头说道，"我当然认识他。我妹妹就是被他害死的。"

虽然松田说得很明确，但事实变得更加复杂。他确实有一个比自己小很多岁的叫松田美波的妹妹，大概是去年这个时候被车撞死了。松田美波也是七桥大学的学生，她的死被当作意外事故处理。可这件事是否真的只是单纯的事故，至今尚存疑点。因为在松田美波去世的前几天，她所交往的男友单方面提出分手。美波的精神因此陷入消沉。难不成她真的有可能是因为想不开才自杀的？这个疑问也沉淀在周围人的心底。兄长松田博幸也持有同样的疑问。而当时狠心甩掉他妹妹的人不是别人，正是塚本佑树。失去心爱妹妹的松田博幸，对塚本佑树抱有杀心也不足为奇。正因如此，松田博幸才被警方列入嫌疑人的名单之中。

"我听说塚本那个家伙被杀了。所以两位刑警才来我这里问话吗？倒是合情合理。但是啊，我可不会做出替妹妹复仇这种愚蠢的行为。那个男人的死就是报应，我什么都没做。"

松田一口否定嫌疑。丽子单刀直入地问道。

"在案发当晚，你在哪里做了些什么？"

松田露出为难的表情。他默默用双手抱胸，摇了摇胖胖的脑袋。

"那天我在晚上七点左右离开位于新宿的公司。走到新宿站，乘坐中央线，快八点的时候到达国立站，然后走回家。但是没有人为我当晚的行动作证……啊啊，不过，两位刑警小姐，请稍等一下。"

松田像是想到什么，突然站起来，暂时从丽子她们眼前消失了。他从客厅回来后，手里拿着一张收据。

"那天晚上，我在从国立站走回家的路上去了一趟便利店。只是买了一份晚报，不到一分钟就出来了。不过那时是晚上八点零五分。你们看，收据上印有时间。"

丽子和若宫刑警不约而同地把脸凑近他出示的收据，确认上面的日期与时间。没错，这张收据可以证明他在八点零五分购买了晚报。

"但是……"若宫刑警问出单纯的问题,"这张收据并不能证明案发当晚八点零五分去过便利店的是松田先生本人吧。也有可能是别人给你的收据,或者是你捡来的……"

"当然,也有这个可能,"松田坦然地承认了这种可能性,他继续说道,"但是,便利店有防盗摄像头,应该会拍到我。刑警小姐,你大可去确认一下——不过,即便我有八点零五分的不在场证明,仍然没有在这之前或是之后的不在场证明。"

松田博幸自嘲般地低声说道。但这已经够了。晚上八点前后的这个时间段,对本次案件来说具有重要意义,这或许可以证明松田的清白。

"那就由我们代为保管了。"说完,丽子小心翼翼地从他手中接过收据。

6

对三名嫌疑人的询问结束后,宝生丽子和若宫爱里刑警两人又分头调查了他们的不在场证明。完成后,二人将所有调查结果汇报给风祭警部。

风祭警部坐在刑警办公室的办公桌前听完部下的报告。"嗯,辛苦了。"他装模作样地点了点头,然后迅速站了起来,走到和他身上西装有着相同颜色的白板前,拿起一支黑笔。

哒哒哒,吱吱吱——在白板上滑动的黑笔发出刺耳的噪声。警部放下黑笔时,白板上写着这样的内容。

① 栗山厚史：晚上八点十分左右，在自家玄关处见到快递员。

② 梶智也：晚上七点五十五分左右，在自家公寓的信箱区遇到女性邻居。

③ 松田博幸：晚上八点零五分，在便利店购买晚报。

"啊啊……被人瞧不起且低声下气才得到的结果，只有这么三行……"

看完白板上的文字后，若宫刑警忍不住叹气道。

——爱里，要忍耐，这就是我们作为部下的职责！

在内心发牢骚的丽子，心情也有些微妙。看来这就是警部所说的"我只享用最后的美味"这句话的真正含义。

然而警部并没有察觉到危险的气息，反倒重新看向她们。

"将嫌疑人的不在场证明概括一下后，就是这样。经过对三人证词的调查，他们说的应该都是真话。虽然三人都有特定时间的不在场证明，却都没有该时间前后的不在场证明。你们觉得我说得对吗？"

丽子与若宫刑警同时点了点头。下一秒，警部"啪"地一掌拍向白板。"宝生君，还有若宫君，你们看这个！"

"嗯，我正看着……"

"好的，我正看着……"

两人的声音微妙地同步了。面对部下们的回答，警部"呀"了一声，然后夸张地摇了摇头，在下一个瞬间，说出了令丽子怀疑自己是不是听错的话。"不光要用眼睛看，要动脑子想。结合前因后果，凶手是谁不是显而易见吗？你们是睁眼瞎吗？"

风祭警部居然说出"睁眼瞎"这个词。服侍丽子的毒舌管家也曾说过相似的话。丽子立刻回想起那段记忆。屈辱感随即复苏，就在怒火点燃她胸膛的时候……

"你、你说什么！你说谁睁眼瞎啊！就算你是警部，也是有些话能说有些话不能说！警部，请你道歉！请向宝生前辈道歉！"

瞪着眼睛反驳的人反倒是若宫刑警。很难想象平日那样的她会如此气势汹汹。看到大闹的部下，就连风祭警部也招架不住。

"好了好了好了，若宫君，你冷静一下……"

"好了好了好了，爱里，你冷静一下……"

有了上司与前辈从旁拼命安抚，新人刑警这才平息怒火。冷静下来的若宫刑警，估计是对自己的言行深感懊悔，于是向上司低下头，"警部，是我失态了。虽然只是一瞬间，但我忘记了自己的身份，做出不符合部下身份的举动……"

"不，不不，没事的，若宫君。我的确说得有些过分了，但是啊……"

警部突然将脸靠在丽子耳边，用不可思议的语气发自内心地问道："喂，宝生君。这孩子究竟为什么发火啊？"

"这个嘛，她究竟在气什么呢……"

不禁苦笑的丽子总算将话题扯回正轨。"警部，您所说的'凶手是谁不是显而易见吗'究竟是什么意思？"

"没什么，就是字面上的意思。你们所调查的嫌疑人以及在路边抽烟的那个男人，结合他们的证词思考的话，就很清楚谁是凶手了。你们听好了……"

风祭警部开始他的说明。

"根据吴竹庄202号房间北原理奈的证词，塚本祐树回到205号房间的时间是案发当晚八点。可另一方面，在路边抽烟的冈部浩辅的证词中，并没有提到塚本。他说的是在他抽完两支香烟的这段时间里，见到一个胖子进入了吴竹庄，然后慌张地逃离公寓。那么，这究竟是在何时发生的事呢？——宝生君，你知道吗？"

"嗯，冈部自己也说了，是在晚上八点左右。"

"对，他的确这么说过。但是根据逻辑，肯定能推测出更精准的时间。听好了，如果冈部是在八点之前就站在门口抽烟，他必定会清楚目击到塚本回家的身影。但是他并没有看见塚本，只是看到胖胖的凶手。如此一来——这意味着什么呢，若宫君？"

"冈部在门口抽烟的时间，是在晚上八点之……"

"对，在晚上八点之后！"还没听完新人刑警的回话，警部就喊出结论，"首先塚本祐树在晚上八点回到公寓。紧接着冈部浩辅来到公寓门口抽起烟。所以冈部没有看到塚本，也只能这样去想。在他抽完一支香烟后，凶手就出现了。那么这是几点几分发生的事呢？——宝生君，你知道吧？"

"嗯，抽完一整支烟需要五分钟，那么……"

"这是八点零五分以后的事，不会有错的。"警部又一次打断部下的回话，说出自以为正确的答案。警部在两个被吓傻的部下面前再次问道："那么，凶手跑出公寓的时间是几点几分？你们肯定知道了吧？"

虽然我们知道。

但是我们不回答。

丽子和若宫刑警以沉默抗争。警部得意扬扬地在她们面前说道：

"喂喂喂，答案不是很简单吗？冈部抽完第二支烟的时候，也就是又过了五分钟，所以这是在晚上八点十分以后发生的事！"

"原来如此、确实如此……"丽子点头同意。

"应该是您说的那样……"若宫刑警也点了点头。

"不错，"警部丝毫不知道部下们的心情，满脸微笑地继续说道，"那么，就通过我完美的推理，来核对这三位嫌疑人的不在场证明吧——首先是一号参赛选手栗山厚史。"

"他们并没有参加比赛吧……"

"搞得跟选秀一样……"

"你们两个不要在意这些细节。听好了，首先是栗山厚史。他是凶手吗？答案是否定的。凶手虽然在晚上八点十分之后跑出吴竹庄，但是不可能在几乎同一时间，在五百米外的公寓玄关签收快递。因此栗山厚史不是凶手。下一个是三号参赛选手松田博幸。"

"嗯？怎么直接跳到了三号？"

"二号梶智也怎么不讲了？"

面对丽子和若宫刑警两人合情合理的疑问，警部不耐烦地挥了挥手。

"就按照我的顺序来。三号参赛选手松田博幸他是凶手吗？答案也是否定的。在晚上八点零五分之后进入吴竹庄的凶手，不可能同时前往便利店购买东西。因此，松田博幸不是凶手……"

"啊，那么凶手就是……"后辈刑警差点说出那个名字。丽子急忙用手捂住她的嘴巴。若宫刑警发出痛苦的呻吟声。丽子在心中拼命劝道。

——爱里，你不能说！绝对不能说出那个名字！

警部全然不顾部下们的骚乱，将推理进入尾声。

"那么我们再来看看二号参赛选手梶智也。他是凶手吗？答案当然是否定的……很可惜我并不能这样说。他在晚上八点差五分，在自家公寓的信箱处巧遇住在同一公寓的女性，这应该是事实。但他家距离被害人所住的吴竹庄并不远。就算梶智也在晚上七点五十五分时仍位于公寓的信箱前，他也可以在这之后离开公寓，于八点零五分之后到达吴竹庄。如果他使用自行车之类的交通工具，移动时间还会大为缩短。在这三个嫌疑人之中只有梶智也可能是凶手。冈部浩辅目击到的那个胖子就是梶智也。宝生君，若宫君，我的推理如何？"

听到这里，丽子才松开捂着后辈嘴巴的手。

"原来如此，的确，您说得很有道理……"

一旁的若宫刑警憋红了脸，正痛苦地"呼呼呼"喘气。

7

"影山———一支烟从点燃到抽完，你知道需要多久吗？"

晚餐快要结束的时候，宝生丽子说出了这个问题。此时她刚将主菜香草烤鸭肉送入嘴中。在宝生宅邸宽阔的餐厅里，有着一张如同保龄球球道安装了桌架的超长白色餐桌。餐桌前只坐着刚结束一天工作的丽子一人。她从白天穿着的土气西服套装造型摇身一变，换上了资本家大小姐风格的粉色连衣裙，享用着今天的晚餐。接连端上来的料理是：羔羊肉糜、松叶蟹浓汤、香煎龙虾，以及主菜鸭肉——这些对于丽子而言，不过是家常便饭。

熟练端上这些料理的，必然是管家影山了。

听到丽子突如其来的问题，影山有些意外。

影山突然露出诧异的表情说道："啊？您是说抽完一支烟……吗？"他小声说完后思考了一会儿，然后低下头，"对不起，大小姐，我没想到您有一天会问这种问题，因此我无法立刻回答您。啊，不过您能给我一些时间吗？我立刻去找老爷'讨要香烟'进行实验。您稍等我一下……"

"不用了，不用做到这个分上！"眼看影山即将离开餐厅，丽子急忙从身后叫住他，"为何要'讨要香烟'啊……不用做实验也能知道。抽完一支烟大约需要四分钟。如果抽到烫嘴的地步，大约需要五分钟。"

"大小姐，请您不要用如此愚蠢的方式抽烟……"

"我没有这么干过！我不可能这么抽烟，而且我从来都不抽烟！用这种愚蠢方式抽烟的，是目击到凶手的那个男人。"

"啊，就是您之前提到的大学生被害案吗？莫非是案件走进了死胡同，没有任何头绪了？"

影山不怀好意地问道，表情中透露着几分期待。这也不难理解，影山虽说只是服侍宝生家的一介管家，但在面对复杂难解的案件时，他的能力甚至凌驾于专业搜查员之上。丽子曾经就依靠他的推理解决了不少案件（然而这些功劳都被算在了风祭警部的头上）。影山如此渴望难解的案件也算是名侦探的本性了。但是丽子却摇了摇头。

"不，没关系的。这次的案件并没有找不到头绪。"

"呀，看来大小姐您很有自信啊。"

"嗯，那是当然。这次别说找不到头绪了，现在只差一步就能破案了。这次只有三个嫌疑人，其中两人的不在场证明也已经成立了。唯一没有不在场证明的人就是真凶。应该是这样……"

"应该是这样……你是这样说的吧？"

"嗯，应该是这样……"

与字面意思不同，丽子的语气透露出她的不自信。影山像是看出了这点，恭敬地询问道："顺便问一下，这是哪位说的话？就是那句'唯一没有不在场证明的人就是真凶'，是哪位说的呢？"

"这、这是……风、风祭警部说的！"说来也是不可思议，在说出这个名字后，丽子压抑在心中的不安顿时爆发出来。她将手中的刀叉暂时放在盘子上，双手抱着头说道："我总觉得有点不对劲，但风祭警部所说的推理——虽说这话说出口对他而言有些失礼吧——竟出乎意料地合情合理，就连我也不得不表示赞同。但是风祭警部的推理果真猜中真凶了吗？影山，你怎么看？"

"这个嘛，就算您询问'我怎么看'。我也不清楚风祭警部究竟是怎么推理的……"

"对，说得也是，我知道了，"丽子果断地点了点头，接着重新拿起叉子，噗嗤一声插在盘子里的鸭肉上，"那等我吃完这道菜就告诉你案件的来龙去脉。"

"麻烦您了。顺带一提，饭后甜点为您准备了草莓冰淇淋。"

影山说出了甜美诱人的话语，丽子立即撤回刚才的发言。

"那等我解决了饭后甜点再说。"

在吃过主菜后，甜点也被完美地"解决掉了"，然后丽子转移到客厅。她坐在沙发上，单手拿着香槟酒杯，按照约定将案件的来龙去脉告诉了管家。

被害人塚本祐树的遗体状况、202号房间的北原理奈的证词、在路边抽烟的冈部浩辅的目击证词以及三个嫌疑人的不在场证明。

影山恭敬地站在丽子身边，时不时为她的玻璃杯续上名为"黑桃A"的高级香槟，并且认真倾听她的说明。

最后，在丽子复述完风祭警部发表的推理后，总算说完了整个案件。她用玻璃杯中的香槟润了润疲惫的喉咙，朝身旁的管家询问道：

"影山，你怎么看？风祭警部的推理是对的吗？凶手真的是梶智也吗？我还是有些不放心……"

"嗯，坦率地讲，大小姐您的不放心有些杞人忧天了吧？风祭警部的推理非常符合逻辑，很难找出问题。"

"真、真的吗？"

"是的。或许是大小姐长期作为风祭警部的部下而饱受折磨，所以才会对警部的言行和想法过分担忧了。总而言之这是精神衰弱的症状，嘻嘻。"

"你嘻嘻什么？你说谁精神衰弱呢？"不过，或许真有这种倾向吧——丽子在心中抱怨道，接着又喝了一口香槟并继续问道，"那么影山，你和警部想的一样了？凶手就是梶智也吧？"

"这个嘛，说实话我也无法拍胸脯保证没有问题。毕竟大小姐方才的介绍并不是案件的全貌吧……"

"没有的事。我觉得已经把案件的来龙去脉全都告诉你了，应该没有遗漏。"

"是这样吗？那我想请问一下，那通电话该怎么讲？您查出电话打给谁了吗？"

"啊，电话？"丽子有些糊涂，但又突然回想起来，"啊，是塚本祐树在回家之前打电话的对象吧，是打给与被害人同样加入电影研究社的一个叫山川纯平的男大学生。案发当晚，塚本是在八点前主动打电话过去的。那是在塚本下班后，正下公交、步行回公寓的时候。"

"顺带一提，两人交流的内容是什么？"

"好像是邀请伙伴们一同出门避暑的电话。对了，我刚刚不是说了吗？塚本的背包里有一个记事本。上面写着20、21、22……那些数字，就是为了安排避暑的日期。当时202号房间的北原理奈透过房门听到'我已经到家门口了''回头再联络你'之类的话，肯定也是在塚本挂电话之前对山川说的。"

"原来如此，是这样啊。"

"嗯，应该没什么特别吧。山川的话、塚本记事本上的内容，以及北原理奈的证词完全一致，没有任何矛盾。但正因为如此，我认为这些并没有什么用。"

"不，大小姐，"影山立即摇了摇头，"虽说听上去像是在顶嘴，不过就我的看法，山川的证词是本案最重要的提示，也是解开谜团的关键。明明有着这么重要的线索，却扔在一旁不屑一顾……"

"是吗？真有那么重要吗？"

丽子对此一无所知。影山见到她这个样子无可奈何地摇了摇头，然后他将脸凑到丽子耳边，用管家应有的恭敬语气说道：

"恕我失礼，或许大小姐因为夏日的工作过于辛苦，脑子有些疲惫了。建议您先去洗把脸，然后重新思考这个问题，不知您意下如何？"

8

瞬间，宝生宅邸的客厅犹如深海之底，被寂静所支配。然后下一秒……

"你你你、你说什么！让让让、让我洗把脸重新思考！"

丽子一口气喝光玻璃杯中的香槟，砰的一声将杯子砸在桌上，随后火冒三丈地站起身，向若无其事的管家说道：

"影山！你什么意思？你居然让我洗把脸重新思考？"

"会变得神清气爽哦。特别是在夏天。"

"我已经神清气爽了!"丽子像是在炫耀自己光滑的肌肤一般,指着自己的脸说,"不用你提醒!我每天早上和晚上都会洗脸!"

"您说的洗脸,只是单纯为了美容吧。而我所说的'洗脸'是为了强调后面的'重新思考这个问题',这是个常用句型。"

"我知道!所以我要问问你,这个世界上有哪个管家敢命令大小姐'洗脸思考'的?"

"不,我并没有命令大小姐,只是在委婉建议您'先去洗把脸,然后重新思考这个问题,不知您意下如何',仅此而已……"

"还不是都一样吗?你的话再怎么委婉也改变不了无礼的事实!"

丽子狰狞地爆发道。然而影山的神情却很冷静,他用镇定的语气开口道:

"好了好了,大小姐,请您先冷静一下。"

说完这句话的影山,娴熟地拿起金色酒瓶,向桌子上的空酒杯倒入香槟,劝丽子喝下。

"……"

虽然感觉被糊弄过去,但现在的确不是蛮不讲理地责备管家的时候。

丽子重新坐到沙发上,拿起酒杯再次说起案件。

"山川纯平的证词真有那么重要吗?他确实是被害人在生前最后联系的人。正因如此,他的证词才会令人感兴趣吧,但这又能怎样呢?案件发生在山川与塚本通完电话后。如此一来,他们之间的交流应该和本案没有关系了吧?"

"有很深的关系，"影山断言道，然后冲丽子竖起一根手指，"那么，我想请教一个问题。大小姐您能想象塚本在回家时是以何等姿态走夜路的吗？"

"何等姿态……那个，上面是白色T恤加黑色长袖卫衣，下面是藏蓝色牛仔裤，背着褐色背包，手机贴在耳边……"

"大小姐，您这就大错特错了。如果是这副样子，塚本不可能在记事本上做笔记，因为他一只手拿着手机。"

"嗯，说的也是……"丽子有些动摇，但很快调整好姿态反驳道，"这些笔记也有可能是他在回家后写的。"

"不，恐怕并非如此。大小姐您刚才说到，记事本上的数字是20、21、22，随后23这个数字用斜线胡乱画掉。也就是说，这必定是山川说出日期时，塚本在听电话的同时进行记录才会出现的情况。恐怕是山川在说出23这个数字后，突然改口说'23号不行……'，听到这句话的塚本便用斜线划掉刚才写下的23。在边听电话边记笔记时经常会出现这样的情况。如果是在回房间后再做记录的话，是不会出现这种情况的。"

"嗯，你这么说的话，确实如此。"

"那么此时就出现一个疑问。塚本在通话的时候，是如何打开记事本用笔在上面做记录的？以大小姐刚才所想的姿势，是不可能做到的。也就是说，在将移动电话当成座机的话筒夹在肩膀与脸颊之间的同时写下笔记，是很难办到的事。难不成他是暂时停在路上，将邮筒之类的东西当成桌子进行记录的吗？不过，如果单手拿着手机，光是打开记事本就很费劲了，写出工整的数字应该也是一件难事。如此思考下去的话就能得出一个结论……"

"我知道了，"丽子微微点头，说出了那个结论，"塚本并没有把手机放在耳边，而是使用了手机的免手提功能。"

"不愧是大小姐，如此明察秋毫。"

影山假惺惺地夸奖丽子。心情大好的丽子继续说道：

"的确，如果要一边走路一边打电话的话，使用免手提功能会更自然些。塚本通过耳机听山川讲话，用耳机附带的麦克风回话。这样的话，就能很轻松打开记事本记录了——但是影山，这又能说明什么呢？就算被害人在回家路上使用免手提功能通话，或者做了其他事，还是和之后发生的案件没有什么关系吧？"

"大小姐没注意到吗？'免手提'在日语中就是'空手'的意思。"

"这种事情我当然知道了！空手？"话说回来，在本次案件之中，似乎有人说过这个词。究竟是谁呢？

丽子拼命进行回忆。影山则单方面继续说道：

"话说回来，大小姐。走夜路的塚本一边使用手机的免手提功能，一边用自由的双手记着笔记。想到这里，是不是涌现出了另一个问题？"

"没有，完全没有。"

"没有涌现出来吗……"垂头丧气的影山自己说出了这个疑问，"塚本的记事本放在了背包内侧口袋里。那么他为什么要将记事本收进那种地方呢？"

"我不太清楚你的意思。背包内侧口袋本就是用来放记事本和笔记本的吧。将记事本放在那里，没什么可大惊小怪的吧？"

"不是大惊小怪，而是不合常理。刚用完的记事本，将其随手放进卫衣或是裤子的口袋不就好了吗？为什么要特意将其收进背包里，您不觉得这样做很麻烦吗？"

"这个嘛……"

"从背包中取出记事本时，也需要进行同样的步骤……"

"这说明不了什么吧？说不定记事本原来就放在衣服口袋里。"

"这样的话，用完的记事本应该也被放在衣服口袋里。但实际上，记事本被收进了背包里。这是为什么呢？"

"这我就不清楚了……"

"重点在于塚本从公交车上下来后就主动给山川打去电话。傍晚之后的公交车上应该有很多下班的白领，车内肯定很挤……"

"嗯，实际上塚本好像也在电话中抱怨了这件事情。"

"那么请问，假设大小姐背着大背包乘坐晚高峰的公交车，您会如何处理这个碍事的背包呢？"

"如何处理……这么碍事的背包肯定会交给你拿啊！这还用说吗？"

影山沉默下来，紧接着叹了口气，"原来如此。如果是大小姐的话，的确会这么做——但是，大小姐！"

影山少有地加重语气，用冰冷的视线打量着坐在沙发上的丽子。

"塚本可没有帮忙提重物的随叫随到的随从。我想问的是，在这种情况下，他会怎么处理自己的背包呢？"

"我知……我知道了,不要摆出这么可怕的表情,真是的……"丽子慌忙从沙发上挺直腰杆,说出脑海里浮现的答案,"我记起来了,在拥挤的电车或是公交车里,要把背包抱在自己胸前。我记得这是平民的礼仪吧?"

"大小姐,这也是有钱人的礼仪!"影山纠正了丽子的说法后,继续说道,"是的,塚本在公交车里必定是将背包抱在自己胸前。下车后,大概就保持着这个姿势。他在这个姿势下,给山川打了电话。"

"用了免手提功能对吧。的确,如果是这种姿势,他可以轻松地从背包内侧的口袋里拿出或者放回记事本,手机也能放进去……原来如此。"

影山的推理让丽子大开眼界。起初丽子想象的被害人是背着褐色背包,一手拿着手机走在夜路上的样子。可经过影山的指点后,丽子脑海中的被害人形象有了大幅度修正。塚本佑树将大背包抱在胸前,使用手机的免手提功能,空手走在夜路中——嗯?!

"胸前背着大背包,还空着手……塚本就是以这副模样走回公寓的吧?然后这个样子回到家。也就是说……"

"是的。在对此一无所知的目击者眼中,这就是一个圆肚子的男性空手进入公寓大门——肯定就是这番景象。"

"啊、啊?那也就是说……"丽子不禁从沙发上站起来,向影山确认道,"冈部浩辅目击到的那个'胖子',就是塚本佑树!"

"大小姐说得没错,"影山恭敬地行了一礼,用自信的口吻断言道,"他看到的并不是嫌疑人的身影,而是被害人的身影。"

9

影山讲述的推理出人意料，丽子听后愣了好长一会儿。进入公寓大门的不是嫌疑人，而是回家的被害人。

"但是影山，你等一下，"丽子冷静地回复后，重新坐回沙发，朝着管家竖起两根手指，"我还有两个问题。第一，住在202号房间的北条理奈的证词，又是怎么回事？她十分肯定地说看见塚本'背着背包的背影'进入205号房间。难道她在撒谎吗？"

"不，北原理奈并非出于恶意才作了伪证。恐怕塚本在打开房门进入205号房间的瞬间转过身去，然后他就维持着面朝房门的姿势，将门慢慢关上。如果保持着这个姿势，那么站在走廊上的人肯定可以看到他抱在胸前的背包。事实上，北原小姐的确在即将关门的瞬间看到了褐色的背包——是的，她只看到了背包，并不是看到塚本的背影。但在北原小姐的脑海中——包括在咱们的脑海中会先入为主地认为'背包一定是背在背上的'。所以当她被询问时，说出了'背着背包的背影'这种错误的证词。而且大小姐你们在当时也不觉得这个证词有什么问题。"

"原来如此。可能就是这样吧。那么第二个问题。"

丽子用平淡的语气问道："按照你的推理，进门的男性可能就是塚本祐树。即便如此，那个后来从房门逃出来的人肯定是个'胖子'吧？因为冈部浩辅差点撞到他。也就是说，他在近距离见过这人。"

"大小姐，您说得极是。进门的人是塚本，离开的那个人是真正的'胖子'。此人很有可能就是凶手。"

"嗯,的确是这样……等等?!"丽子突然想到一个更深层次的问题,然后歪着头纳闷,"所以究竟是怎么回事啊?那个胖凶手是在什么时候入侵公寓的?冈部浩辅只看到塚本进入公寓,并没看到其他人。也就是说,胖凶手进入公寓的时间要早于冈部在门口吸烟?"

"正是如此。有可能是塚本回家的前十分钟,也有可能是一小时。真正的时间只有凶手自己知道。"

"反正,风祭警部的推理大错特错。警部觉得塚本祐树回到205号房间后,冈部浩辅便在门前抽烟,然后胖凶手就出现了。他是按照这个顺序展开推理的,但事实则完全相反吧?"

"是的,大小姐。最先进入吴竹庄的是胖凶手。他顺着台阶上楼后,利用备用钥匙之类的东西闯进了205号房间。这个人闯入的目的我们不得而知。可能最初的目的就是埋伏于此,等待被害人回家后将其杀害,或者是为了盗窃等目的吧。总之,胖凶手闯入房间后,冈部浩辅才来到门口抽烟。之后塚本才回到公寓。"

"然后塚本刚到家,就遇害了?"

"是的。早就藏在室内的凶手用钝器殴打并杀害了回到家的塚本,夺走了被害人的钱包和手机,连同凶器也一起放进塑料袋里。随后他拿着塑料袋飞奔出公寓大门。那么这些事情究竟发生在什么时候呢?如果将冈部浩辅所抽的两支烟当作表的话,就可以推导出这个时间。首先是北原理奈的证词:塚本回家的时间正好是晚上八点。那么他进门的时间应该是在差不多的时候……"

"嗯，塚本进门的时间正好是晚上八点——然后呢？"

"在晚上八点的时候，冈部浩辅抽完第一支烟，随即又点燃第二支烟。这样一算，冈部点燃第一支烟的时间就是晚上七点五十五分左右。而凶手飞奔出大门的时候，冈部刚好抽完第二支烟，也就是八点零五分左右——大小姐，到这里没问题吧？"

"嗯，看来有问题的果然是风祭警部的推理。"

影山推导出的时间，整体比警部推导出的时间要早。但这个误差不过只有区区五分钟。这种程度的误差，会给推理带来怎样不同的解答呢？看着提心吊胆的丽子，影山自顾自地继续进行着推理。

"那么就根据这些时间，重新检验三名嫌疑人的不在场证明吧。首先是二号参赛选手梶智也……"

"嗯？不是从一号栗山厚史开始吗？算了，就先不问你原因了。所以梶智也的不在场证明如何？成立吗？"

"成立。在晚上七点五十五分的时候，梶智也碰巧在自家信箱区遇到女邻居。凶手则是在晚上七点五十五分之前就已经闯入吴竹庄的 205 号房间，因此梶智也不可能是凶手，他是清白的。"

"这样啊。那接下来要讲一号参赛选手栗山厚史了？"

"不，请让我先讲三号参赛选手松田博幸。"

在影山的坚持下，他继续进行着检验。"松田博幸在晚上八点零五分的时候正在便利店购物，他的身影也被防盗摄像头拍到了。

而凶手则是在八点零五分的时候,被冈部浩辅目击到从吴竹庄逃跑的,因此不可能是松田,松田也是清白的。"

"啊,是这样吗?那凶手究竟是谁呢?"

丽子的脸上露出嘲讽的笑容。影山看着她的脸说道:

"看大小姐的样子,是坚信最后一个疑犯就是凶手,从而彻底放松警惕了。可是三名嫌疑人的不在场证明如果全都完美成立了,搜查便会回到原点。这种可能性您就没有想到过吗?"

"等、等等!这样我会疯掉的!"丽子突然感到不安,前倾着上半身对影山问道,"那么一号参赛选手栗山厚史呢?"

"晚上八点十分的时候栗山在自家公寓与快递员碰面。不过吴竹庄距离他的公寓只有五百米左右的距离。男性走路过去的话只需要五分钟,跑步的话还能更快。所以栗山在八点零五分跑出吴竹庄,在八点十分之前回到家,若无其事地接收快递是很有可能的。差不多就是这样,大小姐,请您开心一点,调查没有回到原点。"

"太、太好了。也就是说凶手就是栗山厚史吧!"

丽子松了一口气。影山则谨慎地说道:

"不,大小姐,我要说的是在这三位嫌疑人中,栗山厚史是唯一没有不在场证明的,就是这么回事。虽然在大小姐面前这样说有些班门弄斧,但我还是想要强调一下:'没有不在场证明的人就是嫌疑人'是不成立的。如果大小姐想要逮捕栗山厚史的话,请务必谨慎行事。如果最后造成冤假错案,我不会承担任何责任……"

"这点我清楚,我不会草率行事。没事的,认真搜查便会找到蛛丝马迹,肯定能找到他是凶手的证据……"

丽子信心十足,然后将杯中剩下的香槟一饮而尽。

10

之后便迎来了星期日。此时夜色已深,在车与人都没有多少的时候……

丽子雄赳赳气昂昂地从国立署正门走了出来。此刻一辆漆黑的汽车不知从何处现身,像是企图绑架重要人物似的,悄悄尾随在丽子身后,不久便停靠在人行道边。一个黑衣男子迅速从车上下来,向丽子行了一礼后打开汽车后门,丽子这时喊道:"啊——真是的——快累死了——"随即躺在全长七米的加长轿车的后座。

汽车很快便启动了。丽子向握着方向盘的司机兼管家说道:

"影山,开心一点吧!上次那个案件终于彻底解决了!栗山厚史被逮捕了!"

"您说什么?"透过后视镜,丽子突然看到管家的脸上写满不安,"大小姐,莫非您原封不动地用了我的推理,强行将栗山带到警察署了?"

"我可没这样做!我可不会做出如此粗暴的事。我是掌握了铁证。影山,想听听看吗?那我就大发慈悲地告诉你吧!"

虽然影山没有说过"我想听"以及"请您告诉我"这样的话,但丽子不待他回答就主动开口道:"先从栗山的动机说起。栗山厚史对水泽优佳有好感。在水泽和塚本祐树开始交往后,栗山就对塚本怀有恨意。这就是他的杀人动机——记得影山你也说过类似的话吧?"

"不,我并没有说过……"

"但是很遗憾——动机并不是情感纠葛!"

影山轻轻地叹了口气。他像是在配合兴奋的丽子般问道,"是吗?那他真正的动机是……"

听到影山的提问,丽子得意扬扬地继续解释——

这个出乎意料的动机,是偶然从水泽优佳那里知道的。她主动前往国立署,胆怯地向丽子等人提出这个申请。

"那个,塚本君的房间里是否有两张'多摩兰坂46'演唱会的门票?如果有的话,其中一张是我的,能还给我吗?虽然发生这样的事情……但我不想白白浪费一张门票……"

听到这个请求,丽子自不必说,若宫刑警和风祭警部也全都愣住了。

听水泽说,她和塚本原本约好下周日一起参加立川现场演奏会的活动。

塚本的房间已被众多搜查员仔细调查过,并没有人提过演唱会门票的事。这究竟是怎么回事?

无视面面相觑的两位女刑警,突然大喊一声"我知道了!"的人果然是风祭警部。"拿走演唱会门票的人是凶手!他不是顺手拿走,而是一开始的目的就是演唱会门票!这便是凶手趁塚本不在家闯入205号房间的真正原因！但是塚本恰好在那个时候回家，他还被塚本撞见了。结果本来只是想偷门票的凶手，一下子杀害了塚本。嗯，这次肯定不会错了。"

"啊？就为了这个？不会吧！"——只为了演唱会门票？

丽子很直接地想到，没想到若宫刑警却意外地支持警部的看法。

"确实，提到'多摩兰坂46'，那可是多摩地区超人气偶像组合。这些成员都是出类拔萃的外行，由于粉丝们近期都已经看吐了那些过于讲究的偶像，便'不得不'去支持一下。"

"……"这究竟是怎样的组合啊！又是些怎样的粉丝啊！

虽说丽子一头雾水，总之——"也就是说，粉丝即便去偷，也想要得到这个宝贵的门票？"

"对，宝生君，就是这么回事。也就是说，只要盯着演唱会会场，抢走门票的凶手就一定会出现。很有可能就是你推理的栗山厚史。"

对不起，警部，那不是我的推理，是影山的推理！

"或许，出现的会是另外两个人，也有可能是不相干的两个人。不管怎样，真相将在周日的立川会场揭晓——宝生君，事情变得有趣起来了。"

"但是警部，如今演唱会门票上都会印有购买人的名字。被偷走的门票上恐怕印着的是'塚本祐树'这个名字。嫌疑人真的会拿着这种门票大摇大摆地进入演唱会会场吗？"

"如果是普通的杀人犯，确实不会出现这种情况。但嫌疑人如果是'多摩兰坂46'的歌迷,那就不好说了。他会眼睁睁地看着自己手中的珍贵门票就这么作废吗?总之,我们的胜算并不是零。有必要试一试。好了,下周日大家一起去立川盯梢。你们听清楚了吗?"

"警部,您说盯梢?"丽子皱起眉头。

"我们该怎么盯梢?"若宫刑警也有些纳闷。

此刻,风祭警部露出了比平时更加自信的表情。只见他用手轻轻敲着白色西装的胸口说:

"宝生君,还有若宫君,你们大可放心。我有个好主意,只需你们装成那个就行。演唱会会场一定会有的。就是那个,那个啦……"

听到警部不知所云的指示,两位女性刑警同时感到疑惑。

"所以,大小姐,风祭警部所说的'那个'究竟是指什么?"

奔驰在夜路上的加长轿车里,驾驶座上的影山毫无头绪地询问道。

丽子抿嘴笑道。"你猜是什么?居然是检票,检票!他就让我和爱里站在会场门口扮成检票姐姐!"

这个工作竟然意外辛苦。门票一张张地出现在丽子面前。在逐一确认过门票上面的购票者名字后再将票根撕下,是个很机械化的工作。出现在丽子眼前的大多是田中、铃木、佐藤,她想找的名字迟迟不肯出现。正当丽子的注意力已经到达极限的时候,"塚本祐树"——这个名字突然出现在她的眼前。

递来的门票上，准确无误地印着被害人的名字。震惊不已的丽子抬起头，站在她面前的是个总觉得在哪里见过的胖胖的男性……

"虽说他用口罩、眼镜、号衣以及头巾伪装身份，但我一眼就认出来了。他就是栗山厚史。"

"不过我觉得号衣和头巾并不是为了伪装的——然后呢？"

"我们两人的视线瞬间就对上了。他一下子就认出了我。喊了一声'啊'后便撞开我跑路。但是那时的他已是瓮中之鳖。他在片刻间就被搜查员们团团围住。最终登场的人当然就是风祭警部了。在他给栗山铐上手铐的时候，挤满戏场的粉丝们乱成一团。虽说有不少粉丝用手机进行拍照，但警部好像不反感这种事，他还对着镜头比出 V 字，笑着冲镜头挥手呢……"

"如来如此。不愧是风祭警部，在本次的案件中也算是大展身手了——大小姐也是如此。"

"你不用吹捧我。这次还不是多亏了你的推理。"

听到丽子的话，驾驶位上的管家微微摇了摇头。

"不，哪怕没有我的推理，本案也会顺利解决。在水泽优佳小姐提出那个请求时，就已经注定了这个结局。这次我做得有些过头了，我深感抱歉……"

"没这回事。要是没有你的推理，说不定警部会犯下错误，提前逮捕梶智也，到那时国立署就颜面无存了。我很感谢你，影山，谢谢。"

此时，倒映在后视镜中的影山脸上，少有的出现了动摇的神情。但他很快又恢复了作为管家应有的冷漠表情，用手指推了推时尚眼镜，随即笔直地盯着前方，用流畅的语气说道：

"能帮上大小姐的忙，是我至高无上的荣光……"